ユートピア幻想《げんそう》の凋落《ちょうらく》

~ある青年のユートピア体験~

三田　雄人著

明窓出版

はじめに

これは、ある青年が「ユートピア」を空想した、その体験を記したものである。ただそれだけの事に過ぎないが、その体験はこの青年にとってとんでもない〝事態〟を生じさせた。

その事態は、その青年に生じた単なる個人的な体験に過ぎない。他の人にも通じるような普遍的なものでないことは明らかである。ただ、人によって、ひょっとして何らかの変化がこの青年のユートピア体験を知る事によって生じる可能性があるかもしれない。

それ故、本誌を読む人はこれだけは頭に入れておいて貰いたい。「ユートピア」などという言葉に騙されないで欲しい。万が一何か感じることがあったとしても「若き、青臭い、偏屈な、バカなやつが、変なこと空想しやがって……ザマアミロ、アホッタレ」とでも笑い飛ばしてもらいたい。その事だけは切にお願いしておく。途中で嫌になったら直ちに読むのは中止されたほうがよい。ゴミ箱にでもさっさと捨てられるのがよいだろう。

あえて確認させて頂く。本書はこれを読む人の心に万が一何が起きても一切関知しないし、責任もとらないから、そのお積もりで。

元々ユートピアというのはギリシャ語で「どこにもない場所」のことである。その有り得ないことを空想し、体験した青年に生じた大変な事態とは何か。興味ある方だけお読みいただきたい。

もったいぶった言い方をしたが、確かにその青年には個人的とはいえ大変な事態が生じたのである。

ユートピア幻想の凋落

~ある青年のユートピア体験~

1

まず、その青年の性格について、その青年の記憶の断片をつなぎ合わせながら述べておく。性格を知って頂いた方が、その空想、あるいは思考の過程（考え方）をご理解頂きやすいと思うからである。

青年は、幼少期極めて泣き虫であった。それも、何がきっかけで泣き出したのか記憶はないのだが、ある広い畳の部屋でしゃがみこんで泣いている記憶がある。多分、三歳か四歳のとき、ワーッと大きな声を出して泣き続けている。家族も困っている。そして多分、青年の母か兄であったろうが、誰かが時々様子を見に来たり、「まだ泣いてるの、もう気はすんだ」とか「いい加減にしろ、何がそんなに悲しいのだ」と言われたりすると、それをきっかけに更に大きな声で泣き続ける。家族もあきれ果てて放置してしまう。放置されて泣き続けているうちに自分でも何で泣いているのか分からなくなる。おそらく二時間位は泣き続けた。

また青年は、幼少期より「死」が怖くて怖くて仕方がなかった。その死への恐怖を決定的にした出来事があった。溺れて、実際に死にかけたのである。小学校三年生の夏休みの事であった。二人の兄と川へ遊びに行った。釣りをしたり、向こう岸へ届けとばかりに川に石投げをしたりしていたが、川の浅瀬でも遊んだ。そして突然深みにはまる。少年（青年）は川の中で何度も水を飲みながらじたばたとした。泳げなかった。ただ、バタバタと、藁をも掴みたい一心で手足を動かした。死ぬと感じた。水の中は青白い泡のようなものがたくさんあった。何かが手に触れた。必死にしがみ付いた。殴られたような、「慌てるな」と怒鳴られたような記憶が少年にはあったが、気がつくと足が地に着いていた。助かったのである。その時しがみ付いたのは直ぐ上の三歳違いの兄であった。直後、少年は兄から言われた。「危ないじゃないか、こういうときは慌てるな、共倒れするところだった」と。その日はさすがにそれ以上川には近づこうともしなかった。大きな岩の上で、真夏の暑さの中、一人寒気を感じながら、呆然と座り込んでいた。少年の兄もまだ小学生だったが、比較的身体も大きくまた体力もあった。もし少年の兄が体力なく冷静さを持っていなければ、確かに共倒れしたかもしれなかった。

このとき以来、死への恐怖がときに発作のように青年を襲うようになる。1、2、3、4、この「シ」が出て来ただけでぞっとする。なるべく考えないようにしていたが、逆に、青年（少年）は同時に「死」への恐怖を乗り越えたいとも思うようになった。時に自分の死をイメージしてそのとき感じる恐怖感を乗り越えようともした。しかし、少年（青年）にとって「死」は如何ともし難いほど怖く、特に自分の死後のことなど考えるだけで身の毛のよだつものであった。死への恐怖、それを乗り越えたいという気持ちは、長いこと続いていた。

青年は、高校二年生のときであったろうか、受験勉強をかねて、英語と日本語の対訳形式のポーの短編小説を読んだ。内容は〝ある男が海で大渦に飲み込まれたが九死に一生を得る〟というものであった。ただ、その男の頭は白髪に変わっていたという。

その本を読んだ後、青年は、想像の上で自分が大渦に飲み込まれたと仮定し、死の恐怖を乗り越えようとした。〝小船に乗って大渦の中に吸い込まれていく〟と、何度も何度もそのイメージを抱こうとした。しかし、その度に恐怖に打ち返された。ある時は、余りの恐怖のため、朝起きたとき自分の髪も白髪になっているのではないかと、そっと鏡を覗き込んだりした。ある朝恐怖に打ちのめされて起きてきた青年は、母親から「あんた何て顔しているの、勉強のし過ぎじゃないの」とも言われた。そんな事を夜な夜な繰り返す日々が一ヶ月も続いたであろうか。結論は、「死」はどうしても怖い、その恐怖は乗り越えられない、決してそれは取り除けない、という事になった。取り除くには「悟り」の境地に達する事だ。高校生の分際でそんな事出来る訳ないとも思った。受験勉強中でもあり、こんなこと何時までもやってられないという気持ちも生じた。その結論で納得せざるを得なかった。

少年（青年）は元々、気が弱く、泣き虫で、臆病な性格であった。無口であり、人前に出ると顔を真っ赤にして立ちすくむこともあった。

特に大勢の人の前で話をすることは、苦悩といってもよいものであった。しかしそういう機会は小学校二年の頃から度々あった。学級委員というのか、級長というのかそれに少年は選ばれた。級長である少年は一週間に一回クラス全員の前に出て司会のようなものをしなければならなかった。それは、何か一週間の決め事のようなものをクラス全員で話し合うという種類のものであった。この司会が少年にとって実に苦しかった。誰も発言してくれないとき等泣き出したくなるほどであった。まとまらないのである。魔の金曜日であった。少年は金曜日を休むようになる。そして金曜日だけ休むのは不自然と感じて、他の曜日も適当に休むようになる。「お腹が痛い」と言って休んだ。そんな日が続いたとき、両親が不審に思ったのか、医者に診てもらいましょうという事になる。父親の運転する自転車の後ろに乗せられて診療所のようなところに連れて行かれた。少年は自転車に乗る前自分でお腹を思い切りひっぱたいたりした。腹痛の原因を創ろうと思った。腹は少し赤くなったがうまくいかなかった。医者がお腹を押したりした。痛いかとも聞かれた。押されると痛いような感じもしたが、少年は「いや」と腹痛は否定した。結局、腹部に異常はないということで、医者受診は終わった。

帰り道やはり自転車の後ろに乗る少年に対し背中腰に「お前、学校に嫌な事でもあるか」と父親が尋ねた。少年は一瞬迷ったが、「ない」と答えていた。父親はただ「そうか」とだけ言った。

少年は進退窮《きわ》まった。父親には自分の心は見透かされているとも感じた。もっとしつこく尋ねてくれれば本当のことを言ったのにとも思った。もう学校を休むわけにいかないと感じた。でも司会は嫌であった。その時心底、「死にたい」と感じた。自分の死を想定して、川に身を投げるか、首でも吊るか、具体的方法も少し考えた。ただ、「自分が忽然とこの世から居なくなる」こと、それは想像しただけで途轍もなく怖かった。簡単に死ねるものではなかった。自殺はしなかったが、しかしそれ以後逆に「死への恐怖」の気持ちがかなり頻繁に生じるようになった。そして、その後の前記した溺れかけた体験は、「死への恐怖」を決定的にした。

医者受診後、少年は少し開き直った。司会はまとまらなくてもよいと思った。「何かありますか」とクラスのものに言って皆が黙っていたら、そのままでよいとも考えた。また自分が級長に選ばれるのは成績が少しばかり良いからであると思った。そのため、テストをわざと間違えるようにもした。しかし余り効果がなかった。半年か一年で級長は交代する事になっていたが、なぜか少年は選ばれてしまう。このことと直接関係ないが、両親は中学校の教師をしており少年の学校の教師とも連絡し合っていたのだろうか、何時だったか母親から「貴方ね、貴方が泣き虫でなかったら、代表で挨拶するという話もあったのよ、でも大勢の前で泣き出されても困るからね」と言われたこともあった。少年としては〃真っ平ごめん〃ということであったが、母親は残念そうでもあった。

中学生のときも、何らかの役員によく選ばれた。週番というのがあり、グランドに集まった全校生徒の前で高い台の上に乗って、その一週間の「努力目標」（大抵、廊下を走るのは止めよう、などの目標）の結果を報告しなければならなかった。台に乗って何か喋ったが違和感があった。声を出しているのに自分の声が全く聞こえないのである。喋っているのにその喋る声が聞こえないというのは恐怖に似た違和感があった。ただこの時は、これは自分の声が小さい為であるから仕方がないと思い、適当に口をパクパクやって、青年は台を降りている。

高校生のときもそういう機会はあった。入学して直ぐに在校生との〃対面式〃というのがあった。青年は新入生代表として挨拶しろとある教師から言われた。このときはしまったと思った。入学試験の成績がどうも一番か二番であったらしい。試験なんか頑張らなくてよかったのだと。入学式のときは他のクラスメイトが挨拶しているから正確には二番手だったのだと思った。対面式ではいきなり野次が飛んだ。「お前、玉付いてるか」というようなことが耳に入った。一瞬たじろいだが無視して「先輩の皆さんを見習い、本校の伝統を汚さないよう頑張りたいと思います。よろしくお願いします」といったようなことを喋ってさっさと台を降りた。

高校のときは室長（級長）というのがあり、やはりそれにも選ばれた。一年の最初のホームルームで担任教師から指名された。最初は成績で選ばれたようだから止むを得なかったとして、次回以降はクラス全員の選挙によるものであるのに、二年目も選ばれた。青年はこれが気に入らなかった。その選挙の後「自分は室長に適さない、辞退する」と申し出た。この頃は受験勉強が中心の生活であり、室長なんて雑用の多いものなんかやってられないという気持ちも強かった。この申し出を認めるべきかどうかホームルームは紛糾《ふんきゅう》した。「適さないと言うが皆が選んだ、一年間やってきてその上で選ばれたのだ、やるべきだ」、「なぜ適さないと思うのか、誰が良いというのか」「やりたくないならやらなくてよい」、等々、結構意見は出た。青年はそこまで皆が考えてくれるのならやってもよいかとも思ったが、また、自分を投票した人は何故そうしたのかと尋ねたい位であった（青年の心には前もそうであったから今度もあいつにやらせておけ、ぐらいにしか皆考えていないと感じていた）。青年は「私は適さないと思う、何故かとか、誰がとか、よく分からない、ただ自分は適さない、辞退する」と主張し続けた。このときの選挙の基準は成績は別問題になっていた。実際、青年は常にクラスで三、四番手くらいの成績しか残していなかった。決して、一、二番ではなかった。結局、青年の主張は通った。選挙がやり直されて他の友人が選ばれた。青年は主張を通したものの、何故かこの時一抹《いちまつ》の寂しさと「自分を情けない」とも感じた。三年目の時、また室長だったか他の役であったか記憶は定かではないが選ばれた。なぜそうなのか分からなかったが、その時は抵抗もなく受け入れている。

その他の青年の性格を示す記憶として、小学校五年生の時であった。クラスメイトに少年の事を「サル、サル」とからかうものが居た。余りにしつこいので喧嘩になった。グランドの隅まで追いかけていき、彼の上に馬乗りとなり持っていた物差しで思い切り額を叩いた。額の一部がぽっかりと虫でも居るかのように見る見る盛り上がった。少年はびっくりした、相手が死ぬのではないかとも感じた。少年自身血の気の引く思いをしながらその場を去った。そのクラスメイトとはそれっきり話もしなくなった。

中学三年生の時である。自転車で散歩していたところ、たまたま通りかかった違うクラスの生徒がいきなり持っていた竹の棒のようなもので殴ってきた。横腹というか背中というかかなり痛かった。自転車に乗っており自由がきかないのをいいことに、相手は二度三度と殴ろうとした。さすがに青年は怒った。追いかけた。相手は青年が本当に怒ったのを感じたのか少しひるんだが、逃げ足は速かった。自転車の入り込めない畦道に逃げこんだ。それでも余裕があるのか笑いながら〝こいこい〟と手招きした。自転車を降りて追いかけたが、すばしこい相手で、逃げられてしまった。自転車を放置したままにしておくわけにもいかなかった。

翌日学校で隣のクラスに居る名前も知らない相手を見つけ、殴ろうとした。しかし周りから直ぐに邪魔が入った。相手の周りも青年の周りも止めに入るものが多数居て結局殴れなかった。説明しようとしても誰も分からなかった。学校では決着つけられないと感じた青年は、放課後相手を探した。そして相手の家を見つけたが、直ぐに家の中に逃げ込まれた。家の中まで入るわけにはいかなかった。青年は相手が出てくるのを待った。暗くなると今日は駄目かと諦めた。二、三度直ぐ近くまで追い詰めたがやはり家の中に逃げ込まれた。そのうち、昼間は他に誰も居ないようであることに気付き、窓かドアを蹴破ってでも入っていこうかと思ったが、そこまではしなかった。そこまでやると自分の方が悪い事になるとも感じた。青年は辛抱強く相手の家を見張った。どれ位続けたか定かではない。二ヶ月あるいは三ヶ月位続いただろうか。あるとき、家の中に逃げ込まれる前に捕まえた。ドアの前で思い切り相手を殴った。何故か相手は抵抗しなかった。抵抗しないものをそれ以上殴れなかった。少なくとももう二、三発は殴っておかなければ気の済まないものであったが、青年は「下らん事をするな」と言ってその場を去った。

青年の別の性格、あるいは交友関係の乏しさを示す例で、こういう記憶もある。

青年は人がどのようにして生まれてくるのか、中学二年のときまで知らなかった。小学三年生の頃であろうか、家庭の中で「誰は母似だ、父親似だ」等ということが話題になったことがある。その時青年（少年）は即座に「父に似るわけない」と言い放し、その瞬間、座がスーッと白けてしまったのを覚えている。青年は、女性は大人になると自然に子供を生むものと思っていた。その論理からすると子供が父親に似る事はあり得ない。

その場に父親がいたかどうか記憶にないが、決して父親を否定するという意味での発言ではない。性交渉なるものがあることを知らなかった。小学三年生の頃から勃起することはあったがその意味はまるで分かってない。ただ、先っぽに触れるとある種の快感があるのは感じていた。銭湯に行って、洗っているうち勃起してしまい、やっと湯船に逃げ込んだものの、湯船から出られなくなって困った経験も何度かある。

誰の小説だったか「山の頂上まで走って行け、例え何が聞こえてきても決して振り返ってはならない、振り返ったりすると石になる」というのがあった。その小説では、母親からの助けを呼ぶ声が聞こえ思わず振り返ったが、結果はそれが正解（母親の助けを無視するような心では駄目という事らしい）で、石にはならなかったということだが。これと関連し小学高学年のとき家で一人で居るとき勃起してしまい、何故か素裸になり家の中を歩きまわったことがあるが、その時〝石になる〟というのは本当かもしれないとさえ感じていた。

中学一年の時の理科の授業で〝オシベとメシベがくっついて〟というのがあったが、受粉とか受精などという意味は全く理解できていない。

中学二年のとき始めてその事を知り、周囲のクラスメイトに本当に〝何〟をしないと子供は生まれないのかとしつこく尋ねた事がある。クラスメイトからは「お前何を言ってるんだ、当たり前の事だ、お前って初《うぶ》だな」と笑われた。ただ、青年にとって、遅かったが故かもしれないがこのことを知ったときの感激というか、それはそれは大変なものであった。

高校時代の記憶に戻る。青年にとって高校時代は受験勉強と性格の弱さを克服したいというときであった。性格の弱さを克服したいと宗教関係の本やヨガの本を読んだりしている。また直接は関係ないが、何かの参考になるのではとフロイドの翻訳書を読んだり、一方で勉強のため〝記憶術〟といった本も読んだりする。

高校三年の時であった。数学の教師にやや変わった人がいた。授業中に〝催眠術〟の実験をしたのである。ある生徒に催眠を掛けた。その生徒は、歩けなくなったり、物が持ち上げられなくなったりしたが、決定的であったのは、〝昨年臨海学校で行った海辺が今どうなっているか見てみなさい〟と暗示をかけられたときに、その生徒がありありと本当に見えているかのように言ったことであった。〝透視〟とか〝遠隔透視《えんかくとうし》〟とか言うらしいが青年は不思議に感じた。これは自分の性格を強くするのに役立つかもしれないと感じ、またこのことを勉強してみたいとも思った。それ以後、催眠関係の本を読んだりした。その教師に実際に催眠を掛けてもらってもみた。ところが青年は催眠にはかからなかった。二回ほどやってもらったが駄目であった。「手が軽くなって上に挙がる、両手がくっつく」等と言われても簡単にそうなるものではなかった。結局、青年は教師から「お前は我が強すぎる」と言われた。我が強いってどういうことですかと尋ねたくなったが、言わなかった。

自己催眠というのであろうか自分でも何度か試みたが掛からなかった。ただそれに対する興味は残った。決定的という表現をしたのは、それが青年の大学受験に際し進路決定の役割を担ったからである。催眠を勉強したいと思い、その方向を選んだ。それは、心理学で専門的にやっているらしいが、医学の方が何となく実用的かなと医学部を選んでいる。

高校時代青年はよく勉強した。性格的弱さと闘いながら、学校に行っている時間とは別に毎日数時間以上、日曜日など十時間以上勉強していたであろうか。ただ、勉強の仕方は変わっていた。学校の授業はほとんど無視、自己流の仕方であった。例えば、英語など単語さえ覚えておけば何とかなると思い、単語帳を丸暗記しようとした。能力の限界を感じざるを得なかったが、そうしたやり方であった。よく振り出しに戻った。覚えてないから単語帳のAの所に戻ってしまう。お蔭で、ALLOW〝許す、与える〟だけは忘れない。古文もそうであった。単語を覚えてしまえと思った。ところがそれが出来ない。古文の成績は惨憺《さんたん》たるものであった。漢文はもっとひどかった。何をどう覚えればよいか分からなかったのである。ただただ、中国の人って頭が良いのだと思った。受験には漢文は捨てて掛かった。その他、受験に関係ない科目は徹底的に無視した。生物という科目は、医学部を目指すのであれば必須のものだが、医学部に行こうと決めたのは高三の時であり、それまで受験科目から外していた。生物の試験はいつも〝欠点〟すれすれであった（100点満点の30点以下であった記憶がある）。

保健体育の授業など、教師の顔色を見ながら英語の単語帳とにらめっこ。時にはそれにもくたびれて、授業をさぼり、バドミントンをして気晴らしした。それがばれてその教師からこっぴどく叱られた。場合によっては単位をやらないぞという厳しいものであった。「なぜ授業に出なかったか」と聞かれ返答に困った。受験に関係ないからだとは言えない。

ただ「授業がよく理解できないもので、つい」としか言えなかった。その返答に教師が納得したとも思えなかったので、現実に卒業できるかどうか心配はあった。

青年は本当に無口であった。一般には大人しいと言われていた。よくしゃべる人はなんと凄い奴だと尊敬していた。無口であることは無能の証拠だと思い、劣等感を感じていた。ただ中学生のときであろうか、ふと、無口と成績、あるいはよく喋るのと成績は比例しない事に気がついた。改めて他の人たちが何を話しているのか観察した。大体くだらない事を話していると思った。青年自身には余り興味ない話題が多かった。青年は少し安心したが、逆に他の人に比べて自分は興味を持つことが少ない人間なのかなとも感じた。

青年は笑わない子であった。笑った記憶がほとんどない。中学二年の時であった。担任の教師がクラス全員に対し何か説教をしている。何の説教であったかは記憶にない。皆静かであった。青年はその時お尻がむずむずとした。おならが出そうであった。しばらく必死で我慢していたが我慢しきれず、肛門を少しだけ緩めた。その瞬間、静寂の中に「プーッ」とおならの音が流れた。澄みきった、綺麗な、大きくまた永い音であった。担任の教師は説教の途中であったが「クスッ」と押し殺すように笑った。隣の女生徒も口を抑えながら笑った。青年自身も可笑しかった。誰がやったのだと周囲を見回すようなポーズをとったが青年自身から出た音に違いはなかった。バツの悪い恥ずかしい複雑な気持ちでもあったが、思いきり笑いたかった。このとき笑ってはいないが、本当に笑いたかった体験はこれ位かもしれない。それくらい笑った事のない人間であった。

他に劣等意識をもったものとして、「字」の問題もあった。青年はミミズが這いずり回ったような字しか書けなかった。他の人が綺麗な字を書いているのをみると、何と凄い奴なんだと、これまた尊敬と羨望《せんぼう》の対象となった。しかしこれもいわゆる成績とは関係しない事がわかった。中学二年の時である。理科の教師がテストの結果について、皆に答案用紙を返し説明した。青年の方には答案用紙が返ってこなかった。何故なのか不思議に思ったが、教師の説明を聞いていた。授業が終わり教師が青年を手招きして持っていた紙を渡した。青年の答案用紙であった。98点であった。此処だけ違うよと指摘しながら、同時に「もっと綺麗に書け、まあ、頭のいい奴は字が汚いの多いけどな」と言った。

この一言、根拠のあるものかどうか分からなかったが、字に対するコンプレックスを取り払った。ただ、青年は綺麗に書こうとする努力までしなくなった。

これと関連して高三の時数学の教師にこう言われたことがある。先の催眠術の教師である。「お前の答案、書いているのよくみると正解だ。ただ、もっと見やすく綺麗に書け、見る方がちゃんと見てくれるとは限らん、嫌になったら正解に気が付かない事もある。これ10点引いておく」と。答案用紙は90点となっていた。青年は「こんなのありか、100点なんてめったに取れないのに」と思ったが、数学の教師の言う事も一理あると感じた。

高校一年のときこういう記憶もある。

その日は校内の球技大会の日であったようだ。クラス対抗で色々なスポーツ（テニス、バスケット、バレーボールなど）を競争する。そんな折、ある上級生から「お前○○クラスのものか、Yという奴を知っているか」と尋ねられる。知ってはいますがと答えると、「Yがどこに居るか探してここにつれて来い」と言われた。青年は球技大会でクラスの生徒はばらばらであり、それは無理な注文だし、幾ら上級生からとはいえそこまで探しに行くのも不自然と思い、「どこに居るか分かりません、自分で探してください」と言って入部していたバドミントン部の部室に入った。これが上級生の逆鱗《げきりん》に触れた。〝生意気な奴、口の利き方を知らない奴〟と思われたらしい。上級生は部室に入ってきた。「生意気な奴だ、打《ぶ》ち殺してやる、おい誰か金槌もってこい」と既に部室の中に居た何人かの部員に言った。部員たちは縮みあがった。部室の天井近くの桟にへばりつくものも居た。青年は逃げられないと感じ相手を殴ろうとした。背の低い小さな上級生であったが意外に強かった。逆に顔面と顎にパンチを食らった。綺麗なストレートとフックである。それは、青年にはかわすことの出来ないほど速く、またクラクラと気が遠くなり気持ち良いとさえ言えるほどの衝撃であった。青年は直ぐに闘志を失いただただ頭を抱えるようにしてしゃがみこむより手立てはなかった。左目は出血し、その周辺も膨《は》れ上がった。

　これは青年の悔しい気持ちの記憶である。口の利き方知らない方ではあったが、とにかく悔しかった。強くなりたいと思った。その気持ちは、一応大学に入ってからの少林寺拳法部に入部という事に関係している。

　しばらく眼帯と体操の授業は休むという日が続いた。その後その上級生が担任の教師と同伴で青年の家に謝罪に来たことがあった。父親が対応していたが、おそらく教師から連絡がいっていたのであろう。父親がどういう対応したのかは明確ではないが、青年の心にはすっきりしないものが残っていた。父親も教師であったから教師同士大げさにしたくない気持ちもあったかもしれない。青年には、警察くらい届けるべきだという感じはあったが、この件はこれで終わった。

中学生の時も、殴られはしなかったが〝生意気な奴だ〟と上級生から言われ、喧嘩になりそうになったこともある。青年に、臆病なくせに口の利き方も知らない側面があったのは確かである。

高校時代までの青年の記憶の断片を一応振り返ってみた。泣き虫で無口で、小学二年の時、登校拒否もし、その際「死」を考えるほど臆病で、それでいて頑固で自己流で、人に相談する事もせず、ストーカー的な執念深いところもある。劣等意識の固まりでもあったが、負けず嫌いで口の利き方も知らない。

それでも母親からいつか言われた「お前は優しい子だね」という言葉だけは青年の支えになっていた。だからといって〝優しい〟という意味が分かっているわけではない。比較する基準は持っていない。

もちろんこれで、全ての記憶を再現したわけではない。ただ、大まかに、青年の変わった性格と考え方をご承知いただければと思う。
そういう青年も高校を卒業する時点では多少の成長はしていたのである。

2

とにもかくにも卒業できたが、大学は落ち、一年浪人する。浪人中はいきなり上京し東京の予備校に入った。母親にだけ、予備校に行きたいといって当座の金をもらう。父親には言わなかった。言えば〝勉強なんてどこでも出来る、わざわざ東京なんか行く必要はない〟と言われることがはっきりしていた。反対されてからでは行くに行けない。現実に高校に浪人生を集めた専攻科というのがあった。それにしろと言われるのが目に見えていた。

東京の予備校の寮に入ることになるが、青年の性格を表すものとして、一つだけ記憶を紹介しておく。

寮に入って直ぐの事であった。寮の管理人みたいな人からベッドのカーテン代として幾らかの金を払えと言われた。青年はこれが納得いかなかった。四人部屋で二段ベッドになっており、確かにカーテンは必要であった。ただ、これは机や椅子と同じで、備え付けのものではないか、それに金を払えというのは変だと思った。よしんば個人的なものとして払うとして、初めから言って貰って置けば了解も出来るが、入ってからいきなり払えとは何事か、天下の〇〇予備校ともあろうものがこんな〝けち〟な事はするな、と叫びたくなった。既に入寮しているものに尋ねると、納得はしてないが払ったという。払わない運動を展開したい気持ちであったが、同調する人はいない。受験のために予備校に来たのであり、そんな事やっている時ではない。それは確かにその通りと思った。自分の所だけカーテンを外してもらってもよいと伝えたが、「それは他の人に迷惑をかけることになるから困る」と管理人は言う。自分でカーテンを用意するからとも言ったがやはりそれも駄目だという。結局、何時までもこんな事で揉めている時ではないので、払わざるを得なかった。

目標とした大学ではなかったが、とにかく医学部に入った。妙な大学ではあった。医者になろうとして入ったという者が同級生に少ないのである。入った所が医学部であったという連中が多かった。当時、国立大学の入試制度は一期校と二期校という受験制度であった（青年の入ったのは二期校）が、一期校としては医学部を受けてないという者もいた。青年自身医者として人を救いたいなどという気持ちは全くといってよいほどなかったが、でも医学部を目指して入った。でも〝こういうのもありか〟と一応は認めた。

受験勉強から解放された青年は活動し始めた。少林寺拳法部、ギター同好会、茶道部、硬式テニス部、等に入った。またフロイド研究会なるものを立ち上げようともした。

ただ、大学は学生運動の真っ盛りであった。あるとき授業の前に自治委員というのが出てきて、「日本帝国主義を打倒しなければならない……」などと演説をはじめた。毎度の事でありましたかという気持ちもあったが、青年は発言した。「帝国主義、帝国主義と言うが、それは軍事力を背景にした他国への侵略だと歴史では習ってきた。日本に軍隊は無い、仮に自衛隊を軍隊と認めるとして、日本そのものは資源の無い国だ。他国と貿易しなければ日本という国はやっていけない、その貿易そのものを侵略だと否定して帝国主義というわけにはいかない」というようなことを言った。この発言は右翼的と捉えられたらしいが、その後同級生から少し勉強してみないかと誘われた。参加するだけでもよいと。それは社会主義研究会（通称、社研）というものであった。青年はどんな事をやっているのか見てやろう位の軽い気持ちでその誘いに乗った。決して社会主義とか共産主義とかの思想を認めたということではなかった。オブザーバー的な気持ちで参加した。ただ、中に入ってみて、それに参加している仲間というか人間に親しみを覚えた。

そうこうするうち夏休みに入った。青年は硬式テニスと社研の合宿に参加した。社研の合宿は伊豆の西海岸の民宿で行われた。そこで青年は課題を与えられていた。エンゲルスの「空想より科学へ」という本を読み、それをまとめてその内容を皆に発表しろというものであった。テニスの合宿が終わってから参加したが、読む暇もなかった。薄い本であったが難しくて一夜漬けがきくようなものではなかった。本の題名の意味だけおぼろげながら分かったように感じたが、こういうことが書いてある、とまとめる形では発表できなかった。しどろもどろになって喋る青年を誰も責めたりしなかった。最初の夜は酒を飲み、始めて猥歌《わいか》なるものを歌った。酒は飲めない体質であったが楽しかった。歌も顔を真っ赤にしながら歌った。「一つ出たホイのよさホイのホイホイ、一人娘とやるときにゃ、ホイ、親の承諾《しょうだく》得にゃならぬ、ホイ、二人娘とやるときにゃホイ、姉のほうからせにゃならぬ」等々という歌であった。合宿ってこういうものなんだ、親睦会に近い、と感じた。

合宿が終わったところで青年の考え方は一変する。思想的な裏付けがあるわけではなかったが、学生運動を、そして社会主義とか共産主義の思想を容認するようになる。

元々青年にこういった運動や思想に親和性があったかどうかははっきりしない。父親は中学の教師であったが、一時期、県レベルの日教組の書記長らしきものをやっており（確認したわけではないので断定は出来ない）、その血を引いているとすれば親和性はあったのかもしれない。中学二年の時であったろうか、先のおならの教師が担任の時である。全国一斉の学力試験というのがあった（これも記憶は定かとはいえないが）。ただ、父親はそれに反対していた。そしてその試験を青年自身が受けるかどうか、父親は「お前の判断で決めろ、受けても受けなくてもよい」と青年に言った。青年はどうしようかと迷ったが担任の教師に自分は試験を受けないと伝えた。教師と父親に接点があったかどうか知らないが、教師は容認した。このときの青年の気持ちは父親に対する義理のようなものである。全国的な学力試験そのものが良いか悪いかの判断が中学生の青年に出来るわけはなかった。あえて言えば、父親が反対しているものはやはりそうなのだろうという気持ちであった。

合宿が終わった後の青年の学生運動に対する対応が変わったのは、次のような発言でも明確であった。あるクラス会で「戦後まだ二十年程しかたっていない、戦前の日本は明らかに周辺諸国に帝国主義的侵略をしていた、その日本がわずか二十年で簡単に変わるとも思えない、他の国もそうだ、帝国主義はまだ続いているのだ」と発言していた。

青年は大学教養部で少しづつ学生運動の中心メンバーになろうとしていた。教養二年のとき自治委員に立候補した。結果は落選であった。青年は複雑な思いであった。人前で話したりする事があれほど嫌であった時はその役に選ばれ、自分がそういう役をしようとしたときは落選する、妙なものだと思った。

ただこのときはそれでよいと感じた。元々、人前でのアジ演説など下手であり、裏方に徹してもよいと思った。

学生運動の当面の課題は、日韓条約阻止であり、原子力潜水艦寄港阻止、ベトナム戦争反対、また医学部自体には「インターン制度反対」というのがあった。

青年は上級生から日韓条約の問題について勉強し、その問題点を挙げ、ビラの原稿を作れと指示された。最初に作ったビラの原稿は没になった。岩波新書を参考にして作ったものだが、これじゃ〝民青〟（民主青年同盟といって共産党の学生組織らしい）と同じだとも言われた。それでも青年は二、三年分の朝日、毎日、読売新聞、などの日韓関係の記事を読み通し、それらを引用しながらそれが相手国の立場など全く考えていない侵略的なものであるとする原稿を書いた。その記事を読んでこれは分かりやすいという仲間もいた。それを青年自身が書いたことを告げるとその仲間はびっくりしていた。

学生運動の全体的動きは、六十年安保闘争を経て、四分五裂していた学生運動を統合して全学連を再建し、七十年安保闘争に備えようという流れでもあった。青年は日韓条約を中心に取り組んでおり、仲間では、日韓問題の専門家と言われた事もあった。

ある時、原子力潜水艦寄港阻止のデモがあり、青年は仲間とともに横須賀まで出かけた。そのデモで青年は珍しく隊列の前から四、五番手にいた。いつもは隊列の真ん中あたりに居る事が多かった。数人以上が肩を組んで一列を構成し、前の列に続く。デモ隊は横須賀基地に向かって突進を繰り返した。ラグビーのスクラムのようなものといってよい。隊列がどのような長さであったかは明らかではない。最前列から三番手くらいまではヘルメットをかぶっていたが、青年は着用していない。デモに相対したのが機動隊なのか神奈川県警なのか明確ではないが、容赦なく警棒で頭を叩いてきた。前列のヘルメットを叩く音はポコポコとよく響いた。青年も警棒で何度も殴られ、蹴られもした。音こそ響きはしなかったが警棒は硬く痛かった。デモ隊は何度も体勢を立て直しながら、突進を繰り返した。暗い中サーチライトに照らされながら今一歩で基地というところでデモ隊は崩れた。人が倒れ次々に重なっていった。青年の上にも人が倒れこんできた。青年は一番下のほうであった。人の重みで呼吸が出来なくなった。息を吸うことも吐くことも全く出来ない。人ってこんなに重いのかという想いと一瞬こんな所で死ぬのかなと感じた。六十年安保闘争のとき死んだ女学生の事も頭をよぎった。そんな状況の中、上級生の仲間が青年を何とか引きずり出してくれた。誰もそのデモで死んではいないが、その直後は誰か死んだのではないかと心配でもあり、翌日は新聞のデモの記事など探している。青年と同様な状況、あるいはもっと酷い状況下の人がいたはずだからである。

このデモの総括集会で、青年は不全感を感じる。ほとんどの総括集会は、いつも「最後まで闘うぞ」と叫ぶように言って、学生運動の歌とかインターナショナルの歌とでも言うのだろうか、そういうものを歌って散会となる。青年は「最後まで闘うなんて嘘ばかり言うな」という気持になっていた。本当に闘うならこんな格好では駄目だ。こんなデモ何回やっても意味がないと感じた。最後まで闘うというなら皆ヘルメットぐらいかぶり、機動隊に負けないよう梶棒ぐらい持つべきだと思った。実際、青年はこのデモの後に言ったかその後のデモの時に言ったか定かではないが、総括集会で「やる気があるのなら皆、ヘルメットをかぶり、梶棒ぐらい持たなければ駄目だ」というような発言をしている。皆、呆気に取られたような表情をしていた。そういう青年に対しある仲間は「お前変わったな、最初は右翼だと思っていたのに」と言ってもきた。

青年は過激となった。ただ一方で、デモは単なる大衆示威運動に過ぎない、デモの一回か二回で国の政策等が変わるはずはない、とも思った。その後、過激さを根底に持ちながら、多少デモに対し距離を持つようになる。完全武装の機動隊に対し、無防備なデモは、単なる大衆運動と考えるようになった。そんな所でエネルギーを使いすぎてはならないと感じた。

そんな状況下、何時であったか定かではないが、上級生から数枚程度のある紙を渡された。その紙は〝社会主義学生同盟〟という学生組織への入会書であった。〝暴力革命によって日本帝国主義を打倒し、そのため命まで奉げる〟という決意表明書でもあった。社会主義学生同盟というのは通称〝社学同〟と呼ばれ、その上部組織に〝共産主義者同盟〟というのがあるようであった。共産主義者同盟というのは通称〝ブント〟と呼ばれ、六〇年安保闘争では中心的役割を果たしたとのこと。ただ安保闘争後〝全学連〟の崩壊とともにそれも実体のないものになっていたらしい。既に社会主義を目指す学生組織は他大学で幾つかあり、青年には既に革命を前提にすれば安保闘争位で潰れるような組織では駄目だの認識もあったが、それらの学生運動組織の違いは全く分からなかった。

青年は迷った。入るべきか入らざるべきか。プロの活動家になるつもりは毛頭ない。医者になる予定だ。革命を支持するのは良いとして、医者と両立はしない。医者になったあとは資金援助だけの役割りでも良いか、などと考えた。

結局、先のことはわからないが〝学生時代ぐらい純粋に理想に燃えて〟そういった組織に入ってみるのも許されるかと思った。また組織に入ったからといっていざという時脱会できない訳でもないだろうと思った。他の仲間も何人かの者が同じ紙をもらっていた。他の仲間も入るというので、青年も入った。ただ、誰が入ったのか詳細は全く分からない。組織が組織だけに知らないのも当然だとも思った。署名捺印して上級生に渡したが、さすがにその時は緊張感が走った。

その後〝革命〟なるものを漠然と考えるようになった。どういう状況になったら革命が生じる可能性があるかなどと。今の状況は社会主義あるいは共産主義を目指す組織が多すぎる。分散していては駄目だ。大同団結というか統合しなければとても革命などおぼつかない。今の組織の中では、何と言っても一番勢力があるのは〝目の敵〟にしている共産党ではないのか。そういえば共産党は過去に暴力革命を目指していた時期があったようだが、ひょっとしてその体質は今もなお残っているのではないか。共産党の本質は分からないが、当面暴力革命は隠しておく、そして時期来たりなば一斉に蜂起する。それなら可能性は多少ともあるかも知れないと。

青年はあるとき寮で同室の仲間に尋ねた事がある。既に彼は学生運動の中心的役割りを担っていた。彼が組織に入っていたかどうか定かではないが、「革命って共産党では駄目なのか、力は一番あるだろう」などと尋ねた。その時青年は彼から一喝された。「お前は何ていうことを言うのだ。共産党が駄目だからこうやっているのだ、共産党が天下を取ったら、俺たちは収容所行きだ、もっと勉強しろ」と。青年は何の反論も出来なかった。確かに勉強はしてなかった。ただ共産党の実体を知りたい感じは残った。でもいまさら民青に入る気持ちにはなれない。そうしたら付き合う仲間まで違ってくる。寮も追い出されてしまうに違いない。プロの革命家になる積りはなく、またそこまでする必要性は感じなかった。

その後、漠然と空想的に革命の生じる条件なるものを考えたりするようになる。

革命、革命と言うが、今の、単なるデモを繰り返しているだけの状況下ではそれは夢のまた夢。過去に世界的レベルでは民衆蜂起によって革命が生じた事は確かにあるようだ。ただ、今は、特に日本においては状況が全く違う筈だ、大衆蜂起なんてとても考えられない。自衛隊もあり、米軍もいる。それらに打ち勝つ軍事力がまず必要だ。そんな軍隊どこに創《つく》る。狭い日本の中でそんなものがあったら、たちまち発見されて潰されてしまうに違いない。米軍だって迅速に動くはずだ。革命に際し米軍は邪魔だ。そういえば共産党は日本をアメリカの属国のように捉え、アメリカは日本から出て行けという言い方をよくしている。これは、米軍を退去させた後革命を起こそうという遠大な作戦なのではないかと、青年はふと思ったりした。

まともなやり方では到底革命は起こせない。それこそ遠大な戦略が必要だ。江戸時代の〝草〟とでも言うのであろうか、そういった秘密工作員を各職場に忍ばせておく。一年に一回程度状況の報告を求める。それ以外は各職場の誠実な一員として通常の仕事をしている。自衛隊、官僚、警察組織、国会議員レベル、NHKを含めた放送局や新聞社等のマスコミ関係、等々の中に忍び込ませておく。特に自衛隊は幹部クラスから、末端の隊員のレベルまで相当の数が必要に違いない。一つや二つの部隊を動かせられる位のものは必要だ。そして時期を待つ、大衆運動は状況判断としては一つのファクターにはなる。そして時期来たらば、一斉に武装蜂起《ほうき》する。

本部は上野公園あたりの地下深くにあることにしよう。普通のビルの地下でもいいか。通常は普通の会社だが、秘密の通路があり本部に繋がるでもよい。そこから幹部が状況判断をし、時機到来となれば全国一斉に武装蜂起の指令を出すのだ。秘密の通路に関連し青年は当時はやっていた〝ナポレオン・ソロ〟というテレビ映画を思い出したりしていた。

これ位が実際に起こり得る革命の条件だと思った。それにしても相当の年月が掛かる。国の方だってまさかのための用意位しているだろう。自衛隊の入隊だって、その人の思想調査、経歴、交友関係、家族調査などもしているだろう。簡単にはいかない。忍び込ませた工作員にも〝変心〟はあるかもしれない。色々問題があり革命の実現には相当の年月が必要に違いない。青年は自分の生きている時代にそんなことは起こり得ないと漠然と感じた。ほっとした反面、大変な事だと思った。

青年はデモなどの大衆運動を適当にこなしながら、理論武装のためマルクス主義関係の本を少し真面目に読むようになった。教養部二年の試験が終わり、春休みとなる。

昭和四十一年三月の事である。試験はこれに受からなければ学部（専門課程）には行けないが、その結果の事は問題にはならなかった。その春休み、青年は帰省しなかった。寮に残ってとにかく本を読んでおこうと思った。寮には数えるぐらいの学生しか残っていなかった。

3

寮の中で青年は精力的にマルクス主義関係の本を読んだ。改めて「共産党宣言」も読んだ。何となく理解できていたが、「万国のプロレタリア団結せよ！」は良いとして、何故社会秩序を強力的（暴力的）に転覆《てんぷく》させなければならないかその必然性は理解できなかった。「哲学の貧困」、「経哲草稿」、「ドイツイデオロギー」、「帝国主義論」、など理解できたとはいえないが何とか読んだ。そして「資本論」に手を出した。これが全く理解できないものであった。最初の数ページで投げ出してしまう。到底理解できない、全巻読もうなどとしたら、一生掛かってしまうとも感じた。解説本も買ってきたがやはり理解できない。要は「剰余《じょうよ》価値」なるものが問題らしいが、それが分からない。

全体を通して共産主義そのものは良いとしてその実現に暴力革命が必要という必然性は理解できなかった。〝唯物史観〟として極度に発達した資本主義社会は必然的に崩壊の道をたどるはずだ。それならその崩壊を待てばよいではないか。何故暴力革命が必要なのだ？　不全感を持ちながら、青年は徐々に読書にも疲れていく。

そしてさらに考えは空想的になっていく。

現在の社会主義ないし共産主義を標榜《ひょうぼう》する国は問題外であった。実情は酷い社会のようだ。大体それらの国から漏れてくる情報は、物が何もないスーパー様の店や、貧困に苦しむ国民の映像とかそんなもので、良い所が全くない。亡命してくる人もそれらの国から資本主義社会へであり、その逆は聞いた事がない。これは何故なのか。それらの共産主義社会が幾ら〝過渡期の社会〟であるとしても、長所があればそれを宣伝するはずだが、それもない。何故なのだ。今の社会主義国家には全く長所はないのか。

だからといって資本主義社会が良いわけではない。貧富の格差は大きいし、まさに弱肉強食の世界。成功する人もいるだろうが、必ず敗者は多数いる。

政治の世界は何時まで経っても汚職は絶えない。日本など、金を集められる政治家だけが総理大臣になれる。幼少期青年は政治家に対し羨望と尊敬の気持ちを抱いていた。その理由は主として〝人前で堂々と喋っている〟という青年の性格上の弱さの裏返しでもあったが、とにかく偉い人と思っていた。この頃であったろうか某政治家が中心となって〝期待される人間像〟なる中教審（中央教育審議会）の答申が出た。既にこのときは政治腐敗の現状をある程度は知っていたから、「何をたわけた事をいっている、自分を振り返れ」という気持ちであった。

結局、共産主義にしても資本主義にしても〝未来社会〟の見取り図がないのが問題なのだと思った。現在が確かに一番の問題なのだが、それにしても政治家や思想家は未来像を持ってないと感じた。国民一人一人はともかく、せめて政治家や思想家にはそのような視点を持ってもらいたい気持ちはあった。

マルクスも共産主義社会の未来像を描けていない。経哲草稿に少しばかりそのような事が書いてあったように感じたが、明確なものではない。青年自身マルクス主義関係の文献を読み通した等とは決していえないことは確かであったが、もし未来社会が描かれていたら、既に専門家が気付いている筈であり、やはりマルクスも未来社会の具体像は描いてないと思った。マルクスがそうしなかったのか、そう出来なかったのか、それも定かではない。

青年は無謀にも未来社会を描いてみたいと思った。理想の社会をである。社会は発展していく。その前提で時間を極限にまで未来へ未来へと延ばしていく。そうすれば「理想の社会」へ必ず到達するはずと思った。矛盾が生じたらそれが解決するまで未来を延ばせばよい。

4

「理想の社会」、それは「ユートピア」に違いないと感じた。

考え方は単純であった。まずそのような社会では〝泥棒〟はいないと思った。泥棒あるいは窃盗はときに強盗や殺人の要因ともなる。泥棒がいては理想の社会ではない。泥棒が居なくなるためにはどんな条件が必要か。法律や倫理・道徳で規制しても駄目。むしろそこでは法律はなくなるのだ。法律はそれを破る人がいることを前提に成り立つ。完全な社会としてのユートピアでは法律それ自体がその存在意義を失い消滅しているはずだ。倫理・道徳の問題も同じだ。

ただ、人に物を盗ろうとする〝気持ち〟が生じなくなればよい。そのためには物自体が空気のように無限に存在しなければならない。空気の量は有限のものだが、誰もそれを盗ろうとはしない。それが人の周りに常に満ち溢れており無限様にあるからだ。他の物についても同じだと思った。

鍵のついた素敵な車が駐車しているとする。多くの人は何もしないで通り過ぎるであろうが、でも中にはその車に乗りたいという人は出てくるかもしれない。現状では〝車泥棒〟という事になる。それでもその車と同じ物が直ぐにでも手に入るとなれば、誰も泥棒なんてしないはずだ。盗られた人にとっても同じ物が直ぐに手に入る事になれば盗られた事にもならない。百台車が欲しい人はユートピアではそれも可能なのだ。車が無限にある。そのための金銭も要らない。ユートピアでは〝金銭〟も消失しているに違いない。買う必要はないのだ。全て手に入る。他の物に対しても同様だ。

人の〝心〟に盗ろうという気持ちを生じさせないためには、その物資が無限に存在する事が必要条件だ。物資が有限である限り、たくさん持ったり持たない人が必ず存在する。そうすれば必ず窃盗しようという人が現れる。ただ実際には個々の物質が無限に存在することは有り得ない。此処で既に結論は出ていた。泥棒一人居なくなる世界を決して創《つく》れないのだから、ユートピアなんて絶対に有り得ないと。

ただ、青年は此処で空想を止めなかった。ユートピアが存在しないと断定してしまう事が出来なかったのである。何故それが出来なかったのか分からない。それこそ〝打ち出の小槌《こづち》〟かアラジンの〝魔法のランプ〟を持ち出さなければ駄目かという心境であったが、青年はしばらく悩み、そしてこう考えた。

社会は発展していくに違いない。科学技術も発展していく。その結果人類が宇宙に飛び出した事にすればどうだろう。宇宙から無限に物資が調達できるようになったと仮定する。宇宙は広大だ。

宇宙から定期的に物資が無限に地球に搬入される。でもそんなことしたら地球の質量が重くなってしまい、太陽系の惑星としての引力の力関係が崩れてしまうかもしれない。これは、搬入された物資と同量の物資が宇宙に運び出される事にすればよいか。地球へ宇宙船から物資が搬入され、また不要となった物資を運んだ宇宙船が定期的に出て行く。もしかして宇宙人と出会うかもしれない。でもこの際面倒だから資源だけ豊富でその星には人に相当するものは居なかった事にしよう。そうしないと異星人との戦争が起こってしまう。

宇宙人との戦争もなく宇宙から物資は無限に補給される。

これで無限の物資というユートピアの必要条件は整った。このときでも青年の心には有り得ないことだという意識はぁった。でも打ち出の小槌や魔法のランプを持ち出すより少しは現実的かなと感じていた。

更に青年の空想は続いた。無限の物資というユートピアの条件が整った。これで泥棒は居なくなる。〝下部構造が上部構造を規定する〟その下部構造が整ったのだ。後は科学技術を発展させ矛盾と言われるものを一つ一つ消去していけばよいと。

人間は空を飛べる事にしよう。空飛ぶ〝靴〟が開発された。普通の靴と同じだがそれで空を飛べる。誰にでも長時間使えて安全性の高いものにしよう。時速200キロぐらい自在に出せる。雨降り用のカプセル付きの靴もあることにしよう。安全装置として何らかの物体に近づいたら、自動的にスピードは落ちるようになってもいる。これなら空を飛びまわっていても衝突事故はない。もちろん一人乗りだけではなく、二人乗りも含めたカプセル付きの空飛ぶ円盤様のものもある。ユートピアでの交通手段はほとんどこの靴になっている。もちろん車もあるが、実質的にはそれはレジャー用のものになっている。

この空飛ぶ靴は意外と重要かもしれないと青年は感じた。それは国境を取り払ってしまう事になりかねないからである。おそらく理念的にユートピアでは国そのものが消失している。全てに恵まれた社会では国は保護する国民を持たず人々も国に保護される必要はなく、国自体の存在意義がないのだ。誰もが何の束縛も無く自由にどこにでも行ける。一日も掛ければ地球上のどこにでも行けてしまう。国がなく、国境がなくなることを〝空飛ぶ靴〟は物理的に保証することにもなる。

民族の区別もそれ自体が存在意義を失う。おそらく地球人として混ざり合い混血となっているに違いない。

国がないから政府など存在しない。政治家なんて一人もいない。まさに無政府状態だが、規制する必要がなくなっているからそれでよい。そういえば、バクーニンとかクロポトキンの無政府主義（アナキズム）の本に何処か惹かれるところあったが、アナキズムはユートピアでこそ実現されると青年は感じた。

食料も豊富だ。百メートル間隔で食堂様のものがあることにする。ボタンを押せば食べ物の写真が映り、それでよければまたボタンを押す。そうすれば直ぐに食べ物は出てくる。

誰もが待つ事もなく好きなものが食べられる。メニューも豊富で千種類以上ある。毎日違うものを食べても一年は掛かる。自分で料理したい人は材料だけ手に入れることも出来る。エベレストの頂上にいても、携帯できるメニューボタンがあり、それを押せばロボットが運んでくれる。食べたいものを食べたいだけ好きな所で食べる事が出来る。

ユートピアでは完全に食糧難から開放されている。飢餓など有り得ない。飲み物も同じだ。好きなものを好きなだけ飲むことが出来る。そうなれば、アルコール中毒とか麻薬中毒とか出てくるかもしれないが、それも容認される。ただ危険な状態の時、本人には警告される。

人は生まれて直ぐに足の裏にでもシール様の物が貼られている事にしよう。それはその人の健康状態を正確にチェックしており、中央にあるコンピューターに連結されている。その人の健康状態が悪くなった時、その人にその旨伝達される。その人に治療の必要性を説明してくれる。ただ、治療を受けるかどうかの判断は本人に任される。中には高齢で十分に生きて、もう死んでもいいという人も出てくるかもしれない。それはそれで容認される。もちろん十分に説明を受けた上での事である。ただ、その病気が伝染性のあるものなど他の人に害を及ぼす可能性のあるときだけ、強制的治療が行われる。おそらくユートピアでは宇宙旅行が人気であろうが、その際には得体の知れない細菌やウイルスの感染があるかもしれない。その際だけは強制的に隔離され、治療される。ほとんどの病気で治療法が確立し、病気が無いと言ってもよいほどであるが、宇宙は広い、何が出てくるかわからない。その際の備えだけは医療上必要とされる。骨折でもなんでも治療を実際に行うのは医療ロボットになっている。人間がするよりよほど的確でミスはない。ただ、いかなる場合でも他の人に害を及ぼさない限り治療を受けるかどうかは本人の判断に任される。

個々の人間には生まれて直ぐに、一人一人養育ロボットが付いている事にする。言葉や初期教育など全て教えてくれる。それは両親を掛け合わせて一つにしたような顔をしており、姿かたちは人そのものである。両親そのものが本人の養育にあたる事も可能であるが、ユートピアでは実際にはロボットに養育・教育を任せてしまう人が多い。それでも子供を生んで自分で育ててみたい人にはある程度任される。ただ、本人のことを中心に考えてくれるという点では、養育ロボットは実際の両親より圧倒的に優れており、バランスの取れた養育・教育がなされる。

ユートピアでの公用語は英語になっているかもしれない。ただ、他の言語も学ぶ事も出来る。フランス語や日本語などの言葉が好きで自分はそれを使いたいという人にはそれも可能だ。自動翻訳装置のついた補聴器なるものが出来ており、それを使えば他の人の言葉は何語であれ、自動的にフランス語や日本語として聞こえてくる。また日本語で話しても相手によっては、フランス語に聞こえたり英語に聞こえたりするわけである。

多くの親は自分で子供の養育したいという希望を持つが、中には子供の養育より自分のやりたい事があり、養育を完全にロボットに任せてしまう人も居る。それはそれでよい。子供は養育ロボットにより十分に愛情豊かに育てられる。ロボットはそのように作られている。

女性のお産も、受精後受精卵が取り出され〝自動お産器〟あるいは〝人工子宮〟によって育ててもらう事も可能となっている。もちろん自分でお産する事も出来る。ただ十個月もお腹の大きい状態でいるより他の事がしたいという人もかなり多い。その際人工子宮を使う事も自由であるし、生まれた子の養育もロボットに任せても良い。

エネルギー問題は完全に解決している。全てのエネルギーの根源は太陽である。太陽エネルギーを容易に無尽蔵《むじんぞう》に電気に変えることが出来る。それが全てに応用できる。それ以外の原子力とか火力等のエネルギーは用いられない。それらのエネルギー施設は必ず耐用期限が来る。天候など地震や台風がコントロールできるようになっていたとしても、万が一という事もある。核エネルギーが使用される時は、もしかして起きるかもしれない異星人との戦いが生じた時のみである。これもまずない。むしろ人類は異星人とも交流し、混血となり、宇宙人となる。

全ての労働はロボットによって行われる。ユートピアでは人は労働からも解放される。無限の物資という状況下ではそれも可能だ。生産工場もあるが全てロボットに管理・運営されており、人は全てにおいてアイデアを考えるだけでよい。

行かなければならない学校もない。基礎的教育は全て養育ロボットがやってくれる。ただ、他者との交流など個人的レベル・集団レベルでの教育は幼少時には必要であろう。そのため幼稚園レベルの教育は必要かもしれない。行かなければならない学校はないが、学びたい人は何でも学べる。学びたい人だけが自分の意志でいく専門学校はある。各種、語学学校、囲碁、将棋、チェス等の専門学校、歌や演劇・芸能の専門学校、スポーツ専門の学校もある。歴史を教えてくれる学校もあり、二十世紀には大きな戦争が二回あったらしいことなど、知りたい人は幾らでも歴史の勉強はできる。いわゆる勉強で学べないものはない。

各種勉強、芸能、スポーツ、などの競技大会が地球レベルで年一回行われている事にしよう。囲碁や将棋、チェスの世界一決定戦も行われる。オリンピック様の競技も年一回ある。ただ、優勝したからといって名誉だけで、他に何も貰えるわけではない。賞状ぐらい出されるがただそれだけである。全てに満たされたユートピアにおいては与えられるものがないのである。もちろん、競技大会に出ないでスキーをやりたい人は一年中でも雪を求めて地球各地に行く事が出来る。野球をやりたい人は仲間とともに野球ばかりやっていてもそれで問題ない。囲碁ばかりやっていても良い。格闘競技も結構人気がある。ボクシング、レスリング、相撲、などの大会もある。これらの競技では多少のルールがある。出血、骨折等、身体的ダメージの大きい時は足の裏に貼られたシールの警告で、競技は直ぐに中止される。

ユートピアはやりたい事が何の束縛もなくやりたい放題出来る世界なのだ。人々はいろいろな事に挑戦する。

異性との交遊は完全にフリーとなっている。性交渉の可能な年齢になれば誰とでもそれは可能だ。人の寿命は三百年位まで延びていることにしよう。人口も三百億人くらいになっている。その間、誰とでも交流できる。百人、千人、いや一万人以上の人とでも異性との交流は可能だ。多少のもてるもてないの差は個人レベルではあるかもしれないが、全くもてない人って居るだろうか？。ある異性を好きになった。セックスしたいと言ったが断られる。これはあり得るであろうが、でも誰でも好きだと言われて悪い気はしない。「言われた方も少しお相手しましょうか」という気になるのではないか。好きな人と性交渉はまず可能なのだ。そういったフリーセックスの世の中で〝三角関係のもつれ〟などという事あり得るであろうか。

また、好きな人が他の人と交流する事を〝嫌〟と感じるだろうか。青年はふと分からなくなったが、異性との関係においても所有とか独占欲などという感情なくなっているのではないだろうかと思った。所有欲や独占欲も有限の物資という状況下でこそ生じ得るものだと。〃俺の女、私だけの男〃という感覚はなくなるのだ。本質は誰でも可能な限り多くの人と関係を持ちたいはずだ。それでよい。決して女たらしの男とか、ふしだらな女、ということではない。それでも二人だけの関係を続けたい人達がいれば、それはそれでもいい。関係を持ちたくない人とは持たなくてもいい。誰にでも拒否権はある。まずあり得ないことであるが、もしも俺の女に手を出したといってもつれる事があるのであれば、その時は決闘でもなんでもしろ、と考えた。稀であろうが、幾らユートピアでもそれ位のトラブルはあってもいい、矛盾のうちには入らない。

むしろユートピアでは純粋に、経済的なことを離れて、好き嫌いの感覚が生じる。有限の物資の世界では、美男子・美女とかいうことのほかにも、金持ちとか頭が良いとか勤勉とか、そういった別の要因が男女の好き嫌いの感覚に関与する。少なくともそれはない。ユートピアでこそ純粋に〃美〃がそして男女の愛が実現される。

それでも万が一、全くセックスの相手がいない人がいるとすれば、二百歳くらいになればやはりその能力は衰えるだろうし、そういった人が集まり互いに相手を見つけるホテルのようなもの作ってもいいいか。

もちろん〝性〟は、お産とは直接的な関係はなくなっている。生む産まないは完全にコントロールされており、ユートピアでは純粋に〝性〟だけを堪能できる。

ユートピアではいわゆる〝家〟あるいは〝家族〟という機能も変化しているに違いない。○○家ということが全く意味を持たなくなっている。名門とか名家ということが価値を持たないのである。おそらく墓もない。家という概念が変化しているからだが、個人個人の墓が存在したら、最終的には地球上は墓だらけになりかねない。それこそ歴史上の有名人の墓だけあるが、ユートピアは既に歴史を持たない社会になっている。

〝家族〟あるいは〝自分の子供〟といった感覚も変化しているに違いない。残してやる財産という感覚は既にない。全てが与えられているからである。自分の血筋を残したいという欲求はあるかもしれない。その時は相手を選んで生めばよい。ただ、その子供を〝可愛い〟と思うかどうかは別問題。純粋に親子の愛情なるものがどうなるか……ユートピアではむしろそれが試される。青年はふと家族団欒《だんらん》なんてことあるのかなと思った。

ユートピアで宗教なるものどうなっているか。神なる概念存在するか。宗教的なものに関心を持つ人は、むしろ多いかもしれない。全てに満たされた世界でこそ、純粋に自らの存在意義など、疑問を持つ人は多いようにも思われた。多くの人は日常の快楽の中に埋没《まいぼつ》するであろうが、〝自分が何故存在するか、宇宙はどのようにして誕生したか〟など必ず関心を持つ人はいるであろう。その時、神の登場する余地はある。団体としての宗教は消滅しているが、神は存在し続けるに違いない。ただ、それは純粋に宗教心あるいは神なるものに関心を持つ個人にとってであり、ただそれだけの事に過ぎない。間違っても神の御名による戦争などはあり得ない。

人にとって、民族、国、という境界はなくなっており、それを支えてもいた各種宗教もなく、神は〝唯一神〟となる。

青年は連夜に続く空想の中でやや疲れてきたが、同時にもう少しで完全なる社会としてのユートピアに到達できるという喜びのようなものを感じていた。

ふと、ユートピアでは一番人気のあるのは宇宙旅行かなと感じた。それも全く命の保証のない未開の宇宙への冒険である。宇宙は広大だ。未開拓の宇宙は沢山あるのだ。安全の保証された宇宙旅行や地球上での旅行では満足できなくなっている。未開の宇宙旅行についてだけは、資格検査や軍隊といった組織も必要かなと思った。そういった冒険をしたい人は訓練を受ける。ロボットに任せないで宇宙船を操縦し、全く予想のつかない冒険旅行に挑戦する。宇宙ステイションも各宇宙の領域に出来ている。中にはそれらステイションの中で一生を終える人も出てくるかもしれない。

そして、ユートピアで人々はどのような生活をするだろうかと思った。青年は空を飛び回る人達や海深く冒険する人達を漠然とイメージした。そこは、全てに満たされ好きな事が好きなだけ好きな時に出来る世界だが、実際には人々はおそらく快楽に耽《ふけ》っていくだろうなと思った。青年はちょうど〝潜望鏡〟を覗き込むかのようにその映像を見ようとした。

そこに見えたのは、中性の絵画にでもあったような〝享楽にのた打ち回る男女の群れ〟その時〝これは〟という一種の、見るのを制止しようという気持ちが生じたようだったが、その瞬間、強烈な圧力が全身にのしかかり、青年は凄まじい勢いで落下した。そして、深い深い闇の中に小さくなって落ちていく自分自身を感じ、また見た。

5

　ふと青年は気がついた。しかしそれは何とも奇妙であった。自分は居るのに身体がどこにも無い。何だこれはと思った。ただ、どうにもならない。目や耳も、足も手も、胴体も、何も無い。周りにも何も無い。目が無いのだから見えるはずもないのだが、これは妙だと感じた。あえて言えば靄か霧の中に溶け込んでしまっている小さな小さな微粒子、そんなものであった。

　自分はベッドの上でユートピアを空想していたはずだ。そして落下した。そこまでは確かだが、これは何なのだ。

　自分という感覚だけあって身体がどこにも無い。ひょっとして自分は死んだのか。そして自分は〝霊魂〟とやらになってしまったか。それにしてもこれでは、まるで〝我思うゆえに我有り〟そのものではないか。不思議と怖さはなかった。

霊魂の世界であれば、他に死んでいる人はたくさん居るわけで、他の人の霊魂も居るはずだ。青年は他の霊魂を探したいと思った。何処かに〝霊〟の世界への入り口でもあるはずと思った。ナポレオンでも秀吉でも誰かの霊魂が居るに違いない。地獄か天国か知らないが、多分落ちたのだから地獄だとは思ったが、どちらにしても霊魂は他にも居るはずだ。ただ、探しようがなかった。感覚あるいは意識だけの存在で何も見えないし聞こえない。口も無いから叫べない、足も無いから動く事も出来ない。どうにもならず、途方にくれた。

その状態がどの程度続いたか定かではない。多分十分程度であろうか。

青年は突然音を聞いた。ドアの開閉する音のようであった。そして暗闇に光のようなものを感じた。

更に右手の指先だけ感じた。胴体と繋《つな》がってない指だから奇妙ではあったが、青年は指を動かそうと思った。具体的方法はわからなかったが動かそうとした。この辺に頭があるはずという感じでそこまで指に動けと念じた。指が宙を浮いて少し揺れながらゆっくりと動くのが見えた、そして頭らしきものに触れた。その後左手も動かし、後は吸い取り紙に水が浸透していくかのように身体感覚は戻ってきた。

現実は、体を硬直させ、汗びっしょりの状態で、ベッド上に打ち付けられるように仰向けに寝ている自分の状態であった。

青年は寝返りを打とうとしたが、身体は鉛のように重かった。しばらくじっとしていた。それから再び眠ったのかどうか定かではないが、気がついた時、既に外は明るくなりかけていた。

重い身体を動かしてトイレに行こうとした。ただ力が入らない。立つ時崩れ落ちそうになる。しかし一旦歩き出すと、膝から下の感覚がなくなる。幽霊に足がないと誰が言ったか知らないが、まさにそれ。スーッと足のないまま動いている。足元を見ると確かに足は有る。あえて床を踏みつけるようにするが、歩き始めると直ぐに膝下の感覚がなくなる。トイレに行き両手を前の壁に当てて支えるようにしながら用を足した。部屋に帰るときもやはり膝下の感覚はない。この幽霊歩行は落下体験後三、四日は続いた。

青年はその日の午後、寮の外に出た。外に出ても違和感があった。三月の風は結構強かった。青年の髪を吹き上げ、背中のシャツを丸く膨《ふく》らませる。ただ、風は青年の胸のところだけは何も存在しないかのように吹き抜けていく。思わず手を胸に当てた。確かに胸はある。しかし風は何も存在しないかのように胸を通りすぎていく。

街を通る人々や車が小さなロボットの玩具のようにちょこまかと動き回っている。まるで自分はガリバーになったかのように青年は感じた。ただ、当ても無く幽霊のように歩いた。この外界に対する違和感も三、四日続いた。

一番の問題は青年の精神状態であった。

全く意欲らしきものがなくなっていた。身体の重さは少しづつ取れてきたがだるさは続く。何もする気がしない。食欲も全然感じない。食べれば食べられるが美味しいとかまずいとは感じない。喜怒哀楽の感情もどこかに行ってしまったようであった。それまで青年の中にあったはずの価値観ようのもの、あるいは「意味」といったようなもの、全てが吹っ飛んでいた。全てが無意味となった。無味乾燥の世界だが、楽しさもないが苦しさも感じない。もちろん性欲らしきものも感じない。死ぬ気にもならない。ただ、「死に対する恐怖感」も消えていた。数日経ってからふと「どうせ生きていても意味無さそうだから死んでみるか」とか、「自分がこの世から居なくなった」と考えたりしたが、恐怖の感じは出てこない。〝自分がこの世から居なくなる、ただそれだけの事〟それに恐怖感が伴わない。青年の中に有った、あれほど怖かった死への恐れが跡形もなく消えていた。

食事に対しても食欲を感じないから、三、四日食べなくても全く平気。でも落下体験後、食べておかなければと思ってなるべく一日一食は無味乾燥ではあれ食べていた。

これについてその年の夏休み実家に帰った青年は、母親に適当な理由を言って絶食をしている。毎日水だけは飲んだがその他のものは口にしなかった。兎に角、食欲が出てくるまで食べるのを止めようとしたのである。ところが食欲は全く出てこない。一週間経っても二週間経ってもその徴候《ちょうこう》はない。便だけは丸くなり、手にとったわけではないが、光沢のあるビーダマ様のころころとしたものとなり、徐々に小さくなっていく。最後は仁丹様の小さな丸い玉となって排便もなくなる。一週間から十日の経過である。

二週間も経つと母親が心配し始めた。「絶食から元に戻すの大変なのよ、同じくらいの時間掛けて普通の食事に戻すのだから」というようなことを言いながらこれを飲んでおきなさいと薬をくれた。ビタミン剤らしいが丸い玉であった。「こんなの飲んで大丈夫かな、胃の方びっくりしないかな」と青年は尋ねた。「大丈夫でしょう、直ぐ溶けるものだから」と母親は答えた。青年は本当かなと思ったが、まあいいかと薬を飲んだ。何も異変は生じなかった。

結局三週間経過しても食欲は生じなかった。さすがに青年は何時までやっても同じように感じた。これ以上母親に心配掛けるの止そうと思った。三週間で絶食は中止した。夏休みも終わりそうであった。絶食中止後、口にした重湯様のもの、美味しさは感じなかった。

性欲についても実感を感じなくなっていた。綺麗な、またグラマーな女性を見てもピンとこない。以前は感じていたはずの性的な何かを感じない。落下体験前は、朝は毎日のように勃起し、時に夢精もあった。下着を取り替えるの結構大変であった。ただ、体験後は全くそういった現象は生じなくなっていた。

青年は時に亀頭の先を指で弾いたり擦《こす》ったりした。おい〝お前元気か〟という感じである。マスタベーションであるが、以前は勃起する○○をなだめる感じでやっていた。落下体験後はまず起こしてやらなければならない。刺激に対し○○は一応の反応を示し射精にまで到る。完全なインポテンツではない。ただ、快感度は著しく減退している。しかし、放置しておくと何の反応も示さない。青年はその後一月に一度くらいの間隔でマスタベーションをするようになる。○○が機能しているかどうか確認の意味においてである。

その後青年は、女性の○○を見て何か感じるものかどうか、いわゆるストリップにも行った。小屋のような所である。小屋全体が女性の踊りに合わせて熱気にあふれているのは分かる。ところが青年は前に出て行けない。ストリップは確か〃かぶりつき〃と言ったが、女性の直ぐ側までいって、女性が開くのを見なければ全く意味がない。青年は女性の側にたどり着けない。他の人に押しのけられてしまい、近づけないのである。ストリップは諦めた。

しばらくしてトルコ風呂なるものに行った。青年はこのとき二十一歳であったが童貞であった。最初に行ったお風呂は本番はやらないということであった。スペシャルとかダブルとか色々種類はあるようであった。よく分からなかったが青年はダブルと注文した。すると相手の女性は裸となりベッドの上で青年と逆向きに横になった。そして青年の○○をオイルのようなものをつけて手で擦り始めた。ダブルというのは裸になった女性の○○に触ってもよいという意味らしかったが、恥毛を掻き分けてまでしてそれを見る、また触るという事はしなかった。結局、見も触りもしてない。極めて楽なお客さんだった事になる。

二度目に行ったおフロは本番をするということであった。相手をしてくれたのは可愛いこけしの様な顔をした豊満な身体の持ち主であった。ところが女性の中に挿入してみたものの、何も触れるものがない。何だこれはと思った。上下運動だけでは駄目、横に振らなければ何も触れない。これは大変と思いながら横に縦に〇〇を振った。女性は、ハーッ、ハーッとか言う。青年にもそれが演技であるのは分かる。それでも青年は女性の演技に応えなければと思い、胸を鷲づかみにしたり冷えた女性の体に顔を埋め足を抱えるようにもしながら、横振りを続けどうにか射精にまで到った。時間は掛かった。初体験にしては酷いものである。

その後、おフロ関係はお金と相談しながら、時には行った。ただ、当たり外れの多いものであり、またそういうところでなじみの関係を作るのもどうかと思い、回数は多くない。

青年は元々女性に対して臆病な側面と厳しい倫理観を持っていた。女性とまともに話をしたことがなかった。女性の前に出ると、何を話してよいのか分からないのである。それ故近づけない。青年にとって女性は神聖な存在であった。いきなり〝抱かせて下さい〟と言うわけにもいかない。ただ、男の本心としてそのようなものが根底にあるのは理解できていた。しかし、青年にとって決して女性は遊びで対処できる対象ではなかった。神聖にして触れるべからずという存在であった。

落下体験後その倫理観は完全にと言ってよいほど消えていたが、性への意欲もなくなっていた。

それでも初体験後、しばらくしてある女性と交際した。いつも笑顔を絶やさない可愛い素敵な女性であった。何かのきっかけで女性からの誘いに応じた形だが、初体験のものとはまるで違う快感のあるものであった。彼自身を優しくまた時に強く包み込んでくれるものであった。女性は働いており、お金まで融通してもらった。

そしてある時女性から妊娠したと告げられた。女性は結婚を望んだ。青年は、自分のような人間の子供って可哀そうだという気もしたが、結婚しようという事になった。父親に手紙を出した。「自分が落ち込んだとき自分を支えてくれた人がいる、学生の身分だけど、その人と結婚したい」と。父親から返事の手紙がきた。その内容は「お前は何たる男だ、親を裏切って、お前は悪魔だ」というような激しい内容のものであった。これは青年の予想と大きく食違っていた、幾らなんでも悪魔はないだろうと思った。

東京で大学を出、既に就職していた青年の兄が彼女と会うということになった。三人で、喫茶店で話をする。青年の兄は、父親の代理人の役であったらしいが、〃結婚は卒業するまで待て〃という事であった。妊娠の事実は伝えてない。

そのあと「しょうがないか、卒業するまで待つか、でも子供が居るよな」とやや煮え切らない態度で青年は彼女に言った。

彼女の母親にも会っている。母親は結婚に反対であった。やはり「卒業してからにしろ」という。離婚しており、女手ひとつで彼女と妹を育てていた。青年は、彼女に何故お母さんは反対されるのかと尋ねた。彼女は「男に騙されたのよ、それが医者なの、医者嫌いなの」と返事した。医者という者〃悪魔は別としても〃どうも悪い奴が多いらしい。結局、双方の親から反対されており、卒業まで待たなければという結論だが、彼女自身は「アパート借りてもいいのよ」とも言った。その真意は青年に飛び出して来いという決断を促すものに違いなかった。青年はその真意に気付いていたが、やや躊躇《ちゅうちょ》した。でもしばらく一週間位考えて子供生もうと伝えた。彼女は「何、言ってるの、堕ろしてきたわよ、その方がいいんでしょう」と言った。青年にはこのとき〝何てことするんだ、相談もしないで〟という気持ちと、反面どこかほっとした気持ちもあった。

その後かなりたってからであるが突然、彼女「別れましょう、記念に一万円頂戴」と言ってきた。これも青年には予測できない事であった。お金は彼女から随分融通してもらっている。別れるにしても少なすぎる。これは、青年にお金のない事を知っていた彼女の優しさであり、けじめのつけ方だったのかもしれない。青年には別れたくない気持ちのほうが強かったが、彼女の決意は固いようであった。青年は一万円渡す。

元々の青年の倫理観の厳しさを示すものとして、次のような経験がある。

大学に入って直ぐに親しくなった男がいた。一緒によく食事もしアルバイトしたりしていた。彼がある日寮の部屋で自慢そうに手紙のようなものを見せてきた。女性からのものである。女性といっても中学高学年か高校生。その内容は「彼の来るのを待っている、今度いつ会えるか、彼との官能の時が待ちきれない」というような切実なものであった。しかも、そのような女性が複数いるらしい。青年は激怒した。「お前はなんということをやっているのだ、お前とは絶交する」と言い放った。彼は青年が激怒するのが信じられないようであった。逆に「本当かよ、お前って」と呆れていた。青年は絶交するだけでは気持ちが治まらなかった。他の同級生に「こういう悪い奴がいる、こんな奴がいると周りにビラをはる」と相談した。同級生たちは、「お前の言う事は正しい、ただ、そこまでするのは止せ、そこまですると お前の方が変に思われる」と青年を説得に掛かった。青年は何故自分の方が変で悪い事になるのか理解できなかった。ただ、ほとんどの同級生は理解を示しながらもビラを張ることは絶対に止せと言った。青年に自分の倫理観って厳しすぎるのかな、という気持ちもわずかながら生じた。ビラは張らなかった。

そういえば青年は〝源氏物語〟が大嫌いであった。これは文学でも何でもない、ただの女たらしの男の女性遍歴の話しではないかと思っていた（青年の心の奥底に光源氏への羨望のようなものがあったかどうかは、明らかでない。ただこの時点では倫理観のようなものが圧倒的に勝《まさ》っていた）。

青年が女性を本当に好きと感じた事がなかったわけではない。青年は高校の同級生に恋心を抱いている。ただ、高校時代は明確には意識されていなかった。浪人して上京し予備校の寮に入ったとき初めて彼女を好きなのではと思い出した。そして青年は高校時代の男の同級生に彼女の住所を尋ね、初めてラブレターらしきものを書いた。ただ、このときは受験のためであろうか彼女はまだまだ意識の中心にはなかった。ラブレターといっても〝好き〟と明確に書いているわけではない。彼女は既に大学生で、しかも地元の大学の医学部に入っていた。その時までそのことも知らなかった。

実は青年は、大学の受験が終わり合格発表の前、予備校の寮から一時期郷里に帰り、彼女に会ってもいる。その時、「一期校は落ちたけど二期校のほうは大丈夫」というような事を彼女に言った。彼女から「随分自信があるんですね」と言われたような記憶がある。ちょっと生意気な発言と思われたのかもしれない。

そして彼女とデートもした。彼女の下宿にも行った。二人だけにもなった。はっと彼女にキスでもしたい感じになった。しかし次の瞬間青年は嘔吐していた。何故あのとき嘔吐なのか理由が分からない。気分が悪かったわけではない。現実は、嘔吐した後キスというわけにも行かなかった。青年がそうしようとして彼女が受け入れてくれたどうかも実際には分からない。何事もなく、そのまま、大学合格の知らせを受け上京する。朝早く上京する青年を彼女は駅まで見送ってもくれた。

そして彼女への想いが弾けたのは、大学に入りしばらく経ってからである。絶交した友人がいた時とほぼ同じ頃である。なぜなら、絶交した事をラブレターの中に書いた記憶があるからである（その時彼女からの返事の手紙は、スタンダールの「赤と黒」という小説の主人公を例にあげながら、青年の気持ちに理解を示しながらも、やや当惑しているというようなものであった。青年はその小説を読んでいない）。

青年の高校時代の彼女に対する想いが一気に噴出しはじめた。本当に彼女のことを好きなのだと感じた。上京する前に会ったばかりの彼女を改めて眩しく思い出した。赤い服を身につけた彼女は魅惑《みわく》的以外の何者でもなかった。何故あの時〝この気持ちを〟という後悔の念も生じた。彼女に会いに直ぐに郷里に帰りたい衝動に駆られた。夜行で一晩で着く。金もなかったのだが、ただそうはしなかった（多分何か試験のようなものがあったのも影響していたかもしれない）。想いを手紙に思い切りぶつけて出した。

高校時代あるとき、席替えがあった。彼女は青年の直ぐ後ろの席になった。彼女の事が気になるのか、授業中思わず後ろの席を振り返ってしまう。そういうことが二度、三度と続いて、これでは何も出来ないと誰かに席を替わってもらう（だからといって何故かその時好きという感覚を意識しているわけではない）。

室長を辞退した事があると前記したが、このときの不全感には、彼女が自分の事を情けない奴と思うだろうな、という気持ちが伴っている。

彼女が黒いストッキングをはいている。他の人では何でもないのに彼女には黒のストッキングなんか止めてくれという感覚がある。

彼女は英語の朗読を早口で読むところがあった。何でこんなに早口で読むのだろうと何故か不思議な感じが残っている。

高校三年生の学園祭の時であろうか、フィナーレになると、全校生徒がクラス単位で創ったシンボルといったが（青年のクラスが創ったのは確か剣竜とかいう恐竜だった）、それを燃やす。燃やしながら暗くなったグランドを、前の人の肩に手を当てて一列となり蛇のようになって走り回る。やや、幻想的な雰囲気となる。下級生を含めて全クラスが十八組あるからそれ以上の蛇に相当する列はあった勘定になる。互いにぶつからないようにするだけでも大変だが、なぜかその時青年はある列の先頭にいた。青年はクラスがやっと一体になれた様な感じを抱いている。青年の列の何処かに彼女も居た（確認できているわけではない）。皆何かを叫びながら走っているのだが、その中に青年は彼女の甘い歓喜の声を確かに聞いた（それが幻覚かどうかは分からない）。

フォークダンスがあった。オクラホマミキサーとかいうダンスである。女性が前で男が後ろ、そして背中越しに手を握り前に進みながら踊る。相手が変わっていく。彼女の手を握った時〝あっこれは〟という不思議な感じを抱く。

そういった彼女への想いが次々に出て来て止まらない。夢うつつの状態。彼女の事で頭が一杯になり、歩いていても何かにぶつかりそうになったり、食べていてもその動作が途中で止まったりする。

そして青年は連日彼女の夢を見ることになる。前の日と繋がりのある連続ドラマである。内容は、彼女を獲得するためライバルと競うというものであった。何故かそのライバルは、彼女と全く面識のないはずの大学で親しくなった同級生。一週間くらい続いたであろうか、どたばたとした夢が続いていたのだが最終場面は、月明かりの中、海辺に三人が終結する。どちらも彼女が好きだ、二人で決闘するかの案も出たが、結論は彼女に選ばせようという事になる。青年は自分を選んでくれると信じていたが、彼女は一瞬躊躇するかのように両方を見つめる、そして次の瞬間彼女は青年の胸に飛び込んできた。

青年は歓喜に打ち震えながら彼女を抱いて海辺を歩く。

ただ、歩いているうち徐々に夜が白々と明けてくる。

それは、青年の心をも表していた。青年の燃え上がっていた心は急速に冷めていったのである。こんな筈はと思いながら重くなった彼女を抱きながら歩く。

彼女を抱いたのはこれが最初にして最後。しかも夢の中。

恋愛感情というのはそれが成就した時、冷めていくと聞いたことあるが、そういう事かもしれない。しかし、青年の場合夢の中であった。

またどちらを選ぶという決着のさせ方を青年自身にではなく彼女にその決定をさせたのは、何処か男らしくないという不全感も抱いている。

また〝夢の中で事態が進行してしまい、それが現実にも影響を及ぼす事もある〟このようなこと青年には理解できない事であった。

ただその後は、必死で以前の燃え上がった感情を取り戻そうとするが、再び蘇ることはなかった。ちょうどその夢が終結をみた後しばらくして、彼女からの返事の手紙が届く。それは彼女も青年に好意を抱いており、青年の気持ちを受け入れるというものであった。この手紙の着くのがもっと早ければ、違った夢の展開もあり得たかもしれない。

情熱は冷めてしまったが、それでも嫌いになったわけではないので、ラブレターは記憶をたどりながら書き続ける。〝実は熱情は冷めてしまった〟とは書けなかった。手紙のやり取り続いていたが、ある彼女の手紙の中にドイツ語で、「実は私は〝接吻〟した事があります」と書かれていた物があった。その事を青年は全く問題にもしていない。

そして夏休み、青年はクラブの合宿などをこなした上で帰省し、彼女と会う。会えば前の感情蘇るかもしれないという密かな期待を抱いていた。しかし、その感情は戻らなかった。彼女からの手紙の内容についても全く触れる事さえしていない。夏休み、何度か彼女に会うが、何事もなく過ぎ、大学に戻る。何を話していたのか青年の記憶にはない。

そして秋も深くなろうという頃である。彼女から手紙が来る。いつもの手紙よりやや長いものであったが、その中には〝されど我らが日々〟と記した別れの内容が書かれていた。その手紙によると、青年の情熱が冷めた頃とほぼ時を同じくして、彼女自身の気持ちも冷めていったと推測できるものであった。彼女も夏休みの再会に感情の再燃を期待していたようである。しかしそれはなかった。

おそらく以前の彼女のキスをしたという手紙は、事実関係はともかく、青年の気持ちを確認するためのものであり、どこか彼女自身の感情の動揺を意味していたのかもしれない（あくまで推測だが）。青年がその言葉に何の反応も示さず、夏休みの再会においても無反応であったことは、おそらく彼女の冷めた気持ちを決定的にした。通常なら、好きな人が他の人とキスをしたと知れば、憤るなり、逆にキスをし返そうとでもいう、何らかの行為に出たはずである。確かに青年はその言葉に鈍感で、直接会っても無反応であった。

ただ、この事が青年の記憶に残っている事実は、〝何かを感じていた〟事を示しているに違いないのだが。

〝されど我らが日々〟はその当時芥川賞を取った本の題名である。彼女は実に達筆であり、また聡明であった。しばらく記念にと彼女からの手紙保管していたが、結局処分している。青年からの汚い字の羅列した手紙もおそらく処分されているであろう。彼女と青年との接点それ以後全くなかったわけではないが、これ以上は触れないでおく。

ユートピアと関係ないことを記したが、青年の性格や考え方を知っておいて頂くという意味では参考になろうかと思う。どうにもならないほど臆病で、不器用で、頑固で、性的には激しく固い倫理観をもち、空想好きで色々と感情を持ちながらもピントはずれで、実際の行動面では反応が極めて遅い、他の人から見れば、これほど面白みのない、得体の知れない、つき合いづらい人間も珍しいかもしれない。

6

落下体験後の問題に戻る。暫くはどうにもならなかったが、青年自身体験の分析をしている。

青年も落下体験後さすがに自分は精神的におかしくなったと感じた。精神科の医者に診て貰うべきかと考えた。ただ、意欲はなくなったものの苦しみがない。苦しくなければ受診する必要はないかと思った。また話しても分かってもらえる体験じゃないように感じた。結局受診はしていない。

もちろん学生運動からは手を引く。一時期上級生から、お前が運動を引っ張っていけと期待された事もあったが、完全な脱落となる。ただ、おそらく他の仲間には単に青年が日和《ひよ》ったとしか映らなかったはず。元々行動的なタイプではなかった。誰もその変化には気付いていないであろう。実際「最近のお前どうした」などと青年に聞いてくる者は居なかった。

青年自身医学部に入り、しかも精神科を志向していたことは確かだ。精神医学の分厚い本を買ってきて自分の状態にあてはまるものはないかと一応は調べた。

落下体験後の、自己や外界に対する奇妙な感覚（幽霊歩行、ガリバー感覚、ロボット感覚など）、これらはある種の精神疾患に認められる〝離人症《りじんしょう》〟の症状という事で納得できた。全てのものに通常感じるはずの快感らしき物を失っていく、これは〝アパシー〟とか〝感情鈍麻《どんま》〟とかまた〝アンヘドニア（無快感症）〟に近いのかと感じたが、納得し切れなかった。多くの患者はそれで悩み苦しむらしい。青年は何とかしたいという気持ちはあったが、苦しんでも悩んでもいない。しかし、あえて言えばアンヘドニアに近いのかと思った。

意欲の低下、これはまさにその通り。落下体験後の一過性の意識だけの存在、これについてはおそらく意識を失ったのであり、その意識回復の過程が、あるいはこういうものなのかと捉えている。あの落下は意識を失うほど激しかったということになる。

教科書の妄想の項に「虚無妄想」というのがあったが、一番該当しそうなのはそれであった。〝全てに意味、価値を失う〟これは「虚無」に違いないと感じた。しかし、精神医学の教科書にそれが詳しく記載されているわけではない。その定義を含めて、これについては明確な判断はできていない。

全てに意味がないというのは、それの方が厳密には正しいとさえ感じた。むしろ、多くの人が「意味あるかのように」また「価値があるかのように」感じて生きている事、こちらのほうこそ「妄想」あるいは「妄想的態度」ではないかとも青年は思っている。妄想は「訂正不能の誤った確信」と定義されているが、意味がないと感じる事が誤った事といえるかどうか根拠はなかった。全てに意味がないといってしまえば確かにそうなのだ。落下体験前の青年自身、意識はされてないものの、「人生に意味がある、価値がある」と感じていたに違いない。しかし、それにも根拠はないはずだ。多数決でいけば「虚無」は圧倒的に少数。その点では間違いなく病的あるいは異常となる。しかも、その症状を持つ人の多くはそれで悩むらしい。

青年自身、当惑はしているが、悩み苦しんでいるわけではない。全てに意味がなくなるとき苦しむ事すら出来ない。苦しむ事にも意味がなくなる。

〝虚無〟が「妄想」か「真実」か、どちらが正しいかの結論は出せないままであった。青年自身確かに自分が「虚無状態」にあると思ったが、「虚無」そのものを妄想とは断定しなかった（妄想を持つ人は、それを妄想とは判断しないらしいが）。「虚無」はひょっとして真実かもしれないと思った。しかし、誰にもこのことを伝えてないし、相談することもしなかった。

人生不可解なりといって死んだ学生さんがいたという。確かに不可解は不可解、ただ死ぬ必要があったのだろうかとふと思ったりもしている。

青年にとって大きな疑問は、何故落下という体験をしなければならなかったかである。「ユートピアは未来永劫絶対に存在しない、もし存在してもそれはとんでもない物だ」という結論はそれはそれでよい。ただ、その結論を受けて、何故落下しなければならないのか。確かに、青年は未来を信じ期待をしていたに違いない。その期待が見事に裏切られたのだから、絶望感に浸るのもいい。ただ実際は、絶望を通り越していた。青年自身の状態が一種の絶望状態であったとしても、それから逃れたいという、切実な願望も苦悩さえない。死は怖くなくなったが、死にたい気持ちにもならない。

ただ、期待が裏切られても落下体験を経験しなければならない必然性はないはずであり、その事だけは青年にとって不思議であった。

青年は、何処か自分の考え方に間違いがあったのかなと考えた。実質一週間のユートピア空想で、そんなの有り得ないから考えるの止そうと思った時は確かにあった。それが止められなかったのは何故か。

随所に間違いはある。最初に「ユートピアが存在する」とした命題が問題。有り得ない事を命題にしたのだから、その命題が誤りであると結論づけられるのは当然。だからといって何故落下と結びつくか。

ユートピアで泥棒が存在しないという命題はどうか。やはり泥棒さんがいては理想の社会とはいえない。この仮定はそれでよいと思った。

次に無限の物資という仮定、これもあり得ないことだ。その意味では命題として間違っている。幾ら宇宙に飛び出したとしても考え方に無理がある。空想をやめるのならこの段階であったかもしれない。実際、宇宙からの無限の物資という〝打ち出の小槌〟を持ち出すまで、結構時間は掛かっている。

ただ、この仮定の中でないと泥棒は存在し続ける。有限の物資の中では、必ず、持つ者と持たざる者が存在する。持たざる者の中に持ちたいという欲求は必ず出てくるはずだし、持っている人ももっと沢山持ちたいと感じるであろう。その限り、泥棒は出てくる。

ユートピアを命題にする限り、無限の物資は必要条件に違いない。

現実的には、有限の物資の中で、少々、泥棒さんはいらっしゃるかもしれないが〝いかにベターな社会体制を築くか〟そういう考え方をしなければならなかったのだ。ただ、ベストとしての〝ユートピアあるいは理想の未来〟は諦めなければならない。その諦めを明確に意識するかどうかの差だけだったのか。

確かにベストがないと確認する事は、未来がどこかないようで寂しさが残りそうである。他の人は皆、ベストとしての希望の未来があると信じているのだろうか？。

それともユートピアとは決して考えてはならない禁断の実だったのか。

でも考えるのは自由だ。何を考えてもよいはずだ。実際、トマス・モアだって考えているではないか。このとき青年は、トマス・モアの「ユートピア」なる本を読んでいる。それが、〝他国から攻めてこられないような状況にあるだけで、奴隷も居る〟という青年のユートピアとはかけ離れたものであることを確認している。他にユートピア文学なる分野のあることも知った。それを考えて悪いということでは決してない。

それにしても何故落下なのか青年には理解できなかった。

考え方そのものが、やはり変わっているのだと思った。青年は、よく「〇〇だと仮定すれば、XXだ」という考え方をする。〝数学的帰納法《きのうほう》〟的な考え方といってもよい。これはあくまで数学上のことであって、他の事に応用すべきものではないということか、とも感じた。

「ユートピアが存在するとすれば、その社会に泥棒はいない」、「泥棒が存在しない社会がありえないから、ユートピアが存在するという命題は誤り」、確かにその通りなのだが……？

こういう考え方が身についてしまっている。要はバカなのだと思った。頭が良いにしても悪いにしても、中途半端なのだ。中途半端だからこそ、それを補うためにこんな考え方をしてしまう。

その他青年は自らが「要は……、要するに……、つまり……」というような結論を急ぐ考え方をする傾向がある事にも気付いている。これも自らの足りなさ加減を表しているに違いないと思ったが、その考え方を事もあろうに未来社会に対して用いた。未来とは文字通り来ない物でしかなかったのだが、時間を理念的に究極の未来へと進めてしまった。

要するに科学技術は進歩・発展する。これは事実だ。ここ百年、二百年、その発展はもの凄いではないか。だからこそ理想の社会があるとの前提で科学技術を究極に発展させ、絶対に来ない究極の未来を考えた。そんなことしたら落ちたって当たり前だ。青年は納得したようなしないような感じになった。でも〝空飛ぶ靴〟これ位は将来出来そうな感じはした。

でも今更こんなこと言っても仕方がないか。

落下体験そのものも奇妙である。青年はベッドの上で空想していただけである。それがいきなり髪の毛が逆立つような強烈な圧力を感じ、青年を支えていたはずのベッドも急に消えてしまい、落下していった。現実に落ちていく自分を感じ、また見てもいる。

幻覚の中に〝自己像幻視〟というのがあるらしい。それなのかとも思ったが、精神医学の教科書に書いてあるのとはどこか違う。

形式的には夢の中での落ちる体験とよく似ている。夢の中では、自己の全体像が見えている。青年は小さくなって落ちていく自分自身の全体像を確かに見ている、それが実際の夢であれば納得もいく。ただ、夢みたいな空想ではあったが、夢ではなかった。空想と夢は同一視される側面もあり、時に〝白昼夢〟といったりするらしいが、そういうことなのか。

何故ベッドがなくなったと感じなくてはならないのか。ベッドが突然消失したと感じた。幻覚は「対象なき知覚」と定義されるらしいが、実在する対象がなくなると感じる体験、これは何だ。幻覚の逆のようだが、こういうのもあるのか。

〝感じるべきものを感じない感覚〟という点では幻覚の一種なのか。よく分からなかった。いずれにしてもベッド上で仰向けになっていたのであり、何故ベッドが消えてしまったのか納得できなかった。

〝夢幻様体験〟という病的体験もあるとのこと。空想好きの人に多いとのことだが、一般には夢の中での出来事が現実界に入り込んで、夢と現実の境界がなくなり、意識障害を伴う〝錯乱〟様状態に陥るということらしい。これに近いとも言えるが、青年には同一視は出来なかった。青年は確かに空想好きであったし、酷い後遺症はあった。だからといって現実との区別が出来なくなっていたわけではない。

それにしても何故落下体験であったのか、青年にはどうしても理解できなかった。

そういえば青年は落下体験後全く夢を見なくなった。幼少時は、よく空飛ぶ絨毯《じゅうたん》に乗ってお姫様を助ける夢をよく見ている。夢は一種の願望充足とも言われるが、青年には願望がなくなったということか。

結局、青年は落下体験について、分析しきれないまま、放置してしまう。後遺症は残ったままである。

以上が、ある青年がユートピアを空想して、その結果落下体験を経験した、その全容と言ってもよい（青年自身のその時点での落下体験の分析を含めて）。

空想好きで、極端な考え方をする青年の、単なる空想あるいは夢と思って頂きたい。半端者《はんぱもの》の極端な考えは良くないようである。

7

その後の青年について少し触れておく。教養部から学部への進学は受かっていた。青年自身は受からない方が良かったと感じた。寮で寝ておれる。寮は千葉の市川にあり、学部は御茶ノ水にある。まず寿司詰めのバスに乗ってから、電車に乗らなければならないが、朝のバスは何台も見送らなければ駄目なほど混んでいた。

意欲もなかったがほとんど授業には出ていない。時に同級生から試験があるぞという声が掛かりお茶の水まで出かける事はあったが、ほとんど寮で寝て過ごした。時に分厚い哲学書などに手を出したが、理解できていない。

夜になり麻雀を誘われると、それはした。勝つ事だけを考えればよいからそれは楽であった。青年は仲間の中では比較的強いほうであった。麻雀仲間に種々の面で助けられたところがある。

そんな青年に好都合な事態が生じた。医学部が全学ストライキを打つというのである。その学生大会に出てくれとかっての仲間から招集が掛かった。このときは比較的足取り軽く参加している。多分インターン制度反対のためのストライキであったろうが、そんな内容は青年にとってどうでもよい事であった。とにかくストライキに入ってくれたほうがいいと感じていた。

学生大会でストライキは決議された。しばらく学校に行かなくてよい。しかし直ぐに、再度召集が掛かった。今度は病院の〝外来封鎖〟をやるから手伝えという。そんなことしたら、直ぐに大学側から潰されてしまうと、青年にはストライキが早く終わってしまいそうで、戦術的にそれに必ずしも賛成ではなかったが、既に決行は決まっているようであり、参加はした。いつもは参加しない所謂ノンポリ・ラジカルとでも言うのであろうか、そういった連中も大勢いた。

深夜、病院の上階にある職員用のであろうが、多くのロッカーを一気に一階まで階段を滑らせながら引き摺り下ろす。そしてロッカーを針金で結びつけながら、バリケードを築きあげ、病院を封鎖する。このとき青年は珍しく自分が生き生きとしている感じがした。

バリケードが築かれると、いつ学校当局が警察を呼んでその解除にあたるかという事が当面の課題となる。青年自身はその他大勢の役割りでしかなかったが、バリケードの中で久し振りに緊張感を味わった。ところが学校当局は何日たってもそれを解除するという対応は取らなかった。逆にロックアウトという戦術に出た。結局、十個月であったか記憶は定かでないが、ともかく一年近く外来封鎖は続く事になる。

青年はまた寮で寝ている状態に戻るが、時にバリケードの中に入り、仲間とトランプをしたりして遊んだ。

あるとき占拠していた五階か六階の病院長室であったろうか、ベランダ様の突き出た所があり、そこに入り下を覗き込んだ。落ちたら死ぬぞという感じはあったが、あまり恐怖感は感じなかった。ただ、高所から下を見るというのはスーッと緊張感の走るものではあった。

そしてしばらくしてまた招集が掛かる。T大のY講堂を占拠するという事であった。青年は参加した。深夜、大学の教室に何人居たか分からないが集められ、皆ヘルメットとタオルで顔を隠し、あるものはゲバ棒様のものを持ち、号令一下、Y講堂に向かって走っていった。

走れば十分足らずの所にT大はある。Y講堂、青年自身前に来たことあったが、石ばかりで出来たガランとした所、と改めて感じた。

占拠そのものは実に簡単。占拠が終わると直ぐに帰ったのだが、大学当局もさる者、警察を導入しほとんど数日の内に直ぐに解除してしまう。

そして暫《しばら》くして二度目の占拠が行われる事態となる。このときは青年は参加していない。召集もかけられなかったようであった。もう既に、完全にT大自体の問題となっていた。

大学各学部が学生大会でストライキ決議をしたとのこと。その後は続々と全国から活動家がY講堂に参集したと聞いているが、青年自身はその渦中になく実態は何も知らない。

これがY講堂の攻防として有名なT大闘争である。このため、T大は確か一年入学試験を実施しなかったようだが、記憶として確かではない。

青年はまた寮で寝ている状態に返る。

あるとき青年のところに青年よりまだ若い男が尋ねてきた。その彼が言うには「革命は日本だけでは限界がある、赤軍は世界に出て行く、世界に拠点を作る、それに参加してくれ」ということであった。既に革命の無意味さを確認していた青年は「そんな事をして何の意味があるの」と逆に質問した。彼は必死に青年を説得に掛かった。「世界一国同時革命」というような事を言われた記憶がある。青年は革命を容認すれば、資金的なものは別にして一つのやり方には違いないと感じた。何もしてない自分だからそういうのもいいかなと一瞬心が動いたが、実際には「それで、何の意味があるの」という質問を男に対し次々に繰り返していた。その男は「これは駄目だ」と一言残し、諦めて帰って行った。

この後青年は、何で自分の所に男が来たのだろうと不思議に思った。学生運動から完全に撤退している。ひょっとして、教養部の時の社学同への入会、あれが原因なのかなと思った。あの入会書を誰が管理しているか知らないが、あれが漏れているとすれば、赤軍とブントとの繋がりは分からないが、あり得ることかもしれない。

寮の中には同級生はいつのまにか居なくなっていた。学部のある御茶ノ水まで出かけるのは不便であり、当然といえば当然。

この頃違法に違いないが、アルバイトの口が掛かった。健康診断とかほとんど何事もない病院の当直のアルバイト。青年は本当に何も知らなかったが、やってみる事にした。適当に聴診器を当てて「問題ない」という。血圧の測り方も知らなかった。医学書に血圧の測り方など書いてあるものではない。初めてであり誰にも教わってなかったから当然といえば当然なのだが、前年の数値を見て最初は適当な数字を書いた。血圧の正常値も初めは知らなかった。やっと血圧の測り方にも慣れてきて少しお金が入るようになった。

スポーツ新聞に競馬欄があった。興味を持った。競馬には色々な要素がある。強い馬、休み明け、ハンデ、展開、馬場状態、単騎の逃げ、血統、騎手、等々考え出したらきりがない。競馬新聞とにらめっこしていたら、幾ら時間があっても足らない。タケシバオーとかいう馬が走っていた頃からである。ただ、競馬のいい加減さもすぐに分かった。レースに馬自身が完全な状態で出てくるとは限らないからである。〝仕上げ〟というが、仕上げられて出走するとは限らない。むしろ、狙っているレースのための試走（練習）で出てくる場合もある。実力のある馬でも簡単に負けるし、幾ら試走（練習）でも強いが故に勝つ事もある。実にいい加減なものだ。〝どんなレースでも出てくるからには調教で仕上げて来い、お金が掛かっているんだ〟と言いたくなる。

でも、競馬と麻雀は、目標を失っていた青年を支えた。土曜と日曜は錦糸町にある場外馬券売り場まで出かけるようになった。

あるとき、日韓条約阻止のためのデモがあった。それが何時であったか正確な記憶ないのだが、日韓条約を専門に勉強した事もあり、けじめの意味で参加している。そのころ青年自身もかなり落下体験の後遺症から治ってきているのではないかとも感じていた。ただ、デモ隊の中に入って違和感を感じる。走れないのである。スクラムを組む両脇の人に引きずられてしまう。最後にやはり歌をうたうのだが、これも歌えない。ただの歌だがどうしても歌えない。五体満足な人間でも、走るにしても歌うにしてもそれには何らかの前提が必要なようだ。その前提は回復されていなかった。

そうこうするうち、ストライキが終わりそうという情報が入る。とうとう来たかという感じであった。医者になるかどうかの決断しなければならない。青年はその決断はしないままでいた。ストライキはそのモラトリアム（猶予期間）となっていた。

青年は既に自分は医者になる資格はないと感じていた。自分だけでも結構大変なのに、人様の命に関与する資格はない。まして精神科を志望するとすれば、死にたいと言う人居るらしいが、現実に患者さんから「生きること意味ないから、死にたい」とでも言われたらどうする、即座に「その通り、どうぞ」と言ってしまいそうである。

今の自分が強いてやりたいとすれば、天体望遠鏡でも眺めている事かなと思った。ビッグバンとかいう宇宙の誕生にはその結末も含めて興味はあった。

宗教に興味はない。聖書など読んでいると、ぞっとする。聖書に出てくる神々は、自らを信ぜよと、時に自分の息子まで生贄《いけにえ》として提供しろと強要する、単なる疑い深い超能力者の一団だと思った。パンなど自在に出せるのなら何故初めから全員に施してやらないのだ。死んだのに復活するなんて、そんな面倒くさいことする必要どこにある。奇跡を起こす能力あるのなら、何故それを起こし続けてやらない。〝林檎を食べては駄目〟だと、ふざけるんじゃない、何故そんな〝禁断の実〟を最初から存在させる必要があるのだ。アダムでなくてもいつかは誰かが食べるに決まっているじゃないか。神々はその事を予測して、それを存在させた。神々は天界からでも、酒でも飲みながら、人間どもの生き様を見て楽しんでいるのだと思った。

それはさておき、ただ、今更大学を受け直して宇宙物理学を専攻するエネルギーも能力もない。

このままストライキが続いてくれれば寝て暮せるのに。多少の奨学金はあったが親からの仕送りでやっている。ストライキが続き学生の間だけは、親も送金してくれるだろう。しかし、留年し結果退学ともなれば、そうもいかない。

結婚しようかと思った女性も居た。その別れる理由が青年自身にあるのは分かっているが、結果は振られた。こんな青年にそうそう好意を持ってくれる女性は居ないだろうし、居たとしても女性のほうから〝別れ〟の話が出るのも目に見えている。結構面倒だ。青年の中には、不能ではないものの〝愛とか好き〟とかいう感情はほぼ失われており、結婚は有り得ないと思った。幾ら間違っても初恋のあの感情は出てこないだろう。

青年は自分が酒さえ飲めれば、アルコール中毒症になれたのにと思ったりもした。実際、落下体験後何度か試した事あるが、コップ一杯のビールで脈は速くなり心臓は波打ち身体中真っ赤になってしまう。気持ちは何事にも殆ど反応しなくなっているが身体は落下体験後もアルコールによく反応する。とても飲めたものではない。ビール一本飲むのがやっとである。教養時代仲間と飲みに行って限度を越すと、胃が雑巾を絞るようにキリキリと縮み上がり、胃液を含めて何もなくなるまで吐いてしまう。何度も繰り返し吐く。あれは苦しい。吐いた後も、頭痛が二時間ぐらい続く。

青年は、店でビール一本注文して飲み、真っ赤になり、心臓だけが早鐘のようにドクドクと打つのを感じながら〝ひょっこりひょうたん島〟の主題歌にどこか同調する。「ひょっこりひょうたん島、……ひょうたん島は何処へ行く、……、ウウウウ……」

アル中にもなれない。だからといって麻薬に手を出すわけにもいかないだろう。

競馬と麻雀、それを支えに医者になってみるか、後はなり行き任せ。酷い医者だが、もしなれるとすれば、こんな自分を見破れず資格を与える方も悪い、と青年は勝手に開き直った。

終わりに

(1)

此処までつき合って頂いた方に感謝する。感想など考えないで欲しい。こんなの真面目に考えるものではない。変な奴が居た……それだけでいい。

結論的には、学生運動がはなばなしく終焉《しゅうえん》を迎えようとする頃、それからも早々と落ちこぼれていった青年の、当時の記憶の再現である。

夢多き青年の、〝夢〟あるいは〝空想〟の中で事態を進展させ終結させてしまい、実際の活動や人間関係の面では殆ど何もしていない、その意味では無情でさえある、二十余年の記憶の再現である。

私、この青年の四十年後の者である（正確には三十八年）。記憶を思い出しながら書いた（書き方も青年と私が幾ら同じとはいえ混同している所もある）。殆どその時の記憶を忠実に再現したつもりだが、四十年近くも経過しており、多少、記憶を何処か歪《ゆが》めていたり、時間的な混乱や、憶測《おくそく》しているところあるかもしれない。私は、精神科の医者（？）になってはいる。

落下体験後の後遺症いまだに残っている。美味《うま》くもない食事をし続けている。実際、死にかけたのですが、死の恐怖感はないのです。

九州の病院で単身赴任しているとき、不安定狭心症になった。昼間ゴルフをし、タバコをぷかぷか吸いながら麻雀を遅くまでした。帰りの車の運転中、左胸から顔面にかけて痛いような痺れる様な違和感を感じる。マンションに帰っても治まらない。さすがにこの時は、藪医者ながらひょっとして狭心症あるいは心筋梗塞《しんきんこうそく》を疑った。同僚の医者に相談しようかと思ったが、夜も遅い、大騒ぎはしたくない。どうしようか迷ったが、全く我慢できない痛みではない。まあ、寝てしまえと思った。でも眼が覚めたら死んでいた（妙な表現だが）ということも考えられる。死に様を考えた。死んで発見された時、どんな姿がよいか。ベッドの上か、トイレにしようか、畳の上がよいか、下着くらい綺麗なものにしておくか、腹上死の方が格好いいかな、などと思った。結局、ベッドの上で睡眠薬を飲んで勢いで寝てしまったが、翌日、眼は覚めた。まだ痛みは残るが、勤めている病院に行ってその話をした。同僚の医者は、先生一度診てもらった方がよいですよと言ってくれた。他の病院を受診し、まず心電図をとった。心電図では異常なかった。ただ、臨床《りんしょう》経験の豊富な医者は、心臓の血管造影をやりましょう、と提案してきた。造影の結果、冠状動脈の一部が９０％狭搾《きょうさく》していることが判明した。それで直ぐに、PTCAという血管を広げる治療を受ける。その時まで知らなかったのだが、ステントという金属製のメッシュ様の管をその場所に挿入し、血管を広げてもらう。助かったのである。臨床経験豊富な医者によれば、胸痛といっても、〝歯が痛い〟という訴えだけの時もあり、心電図で異常なくても不自然な妙な訴えの時は造影をやったほうが良いとの事。

関係した方々には感謝しているが、問題は死に様まで考えながら、迅速な行動を取らなかった、私自身の藪医者振りと、恐怖感を抱かなかった事である。何時までも、死ぬ事くらい怖いものでありたいと思うのだが。

私は、確かに医者になった。酷い医者である。偽医者より性質《たち》が悪い。偽医者さん（昔はいらっしゃったと聞く）は、それがばれないため必死に勉強されると聞く。勉強しない医者なのだから、余程、性質が悪い。それこそ医者になっても麻雀と競馬ばかりしていた。もちろん勤務が終わってからの事だけどね。でも患者さんに接する時は、割り切って丁寧に対応しますよ。それこそ患者さんの世界に同調すると言ってもよい。

この四十年あっという間に過ぎた。充実しない時間は後で振り返ると短く感じると言う。まさに落下体験後の時間は瞬時に過ぎた。しかも語るものはほとんどない。

話は違うが、昨今、〝赤軍〟という言葉がテレビ等の報道に出てくることがある。世界に出て行った赤軍さんであろうと思う。私は、ふと、勧誘に来てくれた男のことを思い出したりする。名前も聞いてなかったが今頃どうしているのかなと。あの時、少しばかり私の心が動いたが、もしそうしていたら？　多分どこかで私は〝総括〟されていたに違いないが。

実はこんなこと書く気持ちは殆どなく（四十年近く放置していた）、誰にいうこともなくこの世を去る積もりであった。

ただ、東京の病院に戻ったが、その病院がカルテ開示や電子カルテを導入しようという事になり、どうしてもパソコンを使わなければならなくなった。自分でもパソコンを買い、自宅でも少し打つようになった。これがこの妙な本を書く直接的な決め手である。汚い字が残らないので書き続けられる。訂正も可能。パソコンをやっているうち、何となく、自分の過去まで書き始めてしまった。落下体験は私を虚無状態にもしたが、それは終始未解決のまま私の心にあり、結果として私を支えた事にもなる。「全てが無意味」、この事が私を支えてくれた。落下体験後、暫くして書こうとしたことが全くなかったわけではない。ただ、自分の汚い字を見ると嫌になり、直ぐやめてしまっている。

結果として、大学卒業前までの私の自分史あるいは精神史の一部である。私の感じた事を出来るだけそのまま書いている。他の人に関わる事あるが、裏を取っているわけではなく私自身の勝手な思い込みでもある。また事実関係については誤認もあるかもしれない。

さて、私は勝手にユートピアなるものを想像し、勝手に落下した。それはそれでよい。自業自得だ。

ただ、落下体験について、放置したままであったが、やっと私なりの結論は出した。

《私はベッド上で空想していた。そして、突然、強い圧力を感じ、ベッドも消えたと感じた。そして自分が落ちていくのを感じ、そして小さくなって深い闇の底へ落ちて行く自分自身を見た。そして意識を失ったようだ。》

この、意識を失った所に重要なヒントがある。最初意識は清明であった。具体的にユートピア像を捉えようと〝潜望鏡〟を覗き込もうとした、その瞬間私は清明な意識から夢の意識に入ったのではないか。この潜望鏡が現実意識と夢意識の境界であったのかもしれない。この瞬間が余りにも瞬間的で、現実世界と夢の世界が共存してしまったようだ。

〝圧力を感じ、ベッドも消えて、落ちる〟これが現実感覚でもあり夢感覚でもある。

〝感覚としては全て事実である〟。ところが実際はベッド上に居たわけであり、〝ベッドが現実に消えたり〟〝ベッドから落ちる〟ことはあり得ない。これは現実世界と夢世界の共存と捉えざるを得ない。ベッドが現実になくなる訳はない、その意味では夢の世界、ただ〝ベッドが消えた〟と実際に感じておりそれは現実の感覚でもある。〝落ちる自分を感じる〟これも現実はベッド上に居るわけだから、夢の領域だ。ただ、実際に落ちる自分を感じており現実感覚でもある。そして〝小さくなって落ちていく〟これは見ているのであり、自己像幻視に近いが、夢領域になろう。全体として極めて短時間の出来事である。

夢というのは睡眠中に見るものであり、それは意識清明下のものではない（睡眠も色々な段階があり、人は寝ている時深い睡眠と浅い睡眠を繰り返していることが判っている。浅い睡眠をＲＥＭ睡眠と呼び、このとき夢を見ていることが多いとのこと）。

実際に私は意識を失っており、その過程で夢の領域に入った可能性は十分にある。夢の領域ならば落ちようが舞い上がろうが、どのような物であろうと体験として不思議はない。極めて瞬間的なことであるが、現実意識と夢意識が交錯《こうさく》し共存した。これで落下体験というものが了解可能となる。

夢は、願望充足とも言われるが、単純にそう割り切れるものではない。怖い夢もある。怖さも願望の裏返しとしての欲望の現われとはいえるが。

夢で見えているのは〝自己の全体像〟である。舞台で主役を演じている自己を観客席から見ているような映像。

REM睡眠のREM、″RAPID EYE MOVEMENT″の略であるが、確かに眼球は激しく動いているらしい。その時夢を見るのだが、実際の瞼は閉じたまま。それゆえ夢は決して現実の眼が見ている映像ではない。もし見るとすれば眼は瞼の裏を見ているはずだからである。夢の映像が現実の眼が見ているものではないとすれば、誰が見ていることになるか。

あえて言えば自己を見る「自己」が見ているもの。夢では現実の自己は眼を閉じ眠っているが、自己を見る「自己」は活性化しており、それが見た映像といえるかもしれない。これも言葉に矛盾がある。現実の自己は眠っている。それ故自己を見る「自己」という言い方は、厳密には〝眠っている自己像〟を見ることになるはずである。ただ、これでは自己と「自己」が分離してしまい、「自己」が身体と離れてしまう。これは生物学的に有り得ない。通常、自己と「自己」は分離することなく、「自己」は自己の観察者として機能している。自己と「自己」は本来同じ物である。ただ、同じ自己の中に〝行為する〟自己とそれを〝観察する〟「自己」があることになる。この観察者としての「自己」が存在しなければ、自分が何をしているか判らないことにもなりかねない。〝歩く自己〟〝自己が歩いている事を知って（観察して）いる「自己」〟この双方が機能して動物は適切に行動できる。

最近、人間様ロボットまで開発されてきているが、おそらくロボットには「自己」は認められないはず。現状のロボットは刺激に反応したり、学習したりもするらしいが、自分が何をしているかは知らない筈である。ロボットには自己もないかもしれない。

ともあれ、人間において、自己は休んでいるが観察者としての「自己」が主に活動しているときがあると考えられる。不思議と言えばそれまでのことだが、それが睡眠中の夢と言う事になりそう。ただ、自己が休むといっても〝寝言〟を言ったりする事あり、完全に休んでいるとも言い切れない側面はある。一般に夢の中で観察者としての「自己」は現実の自己と多少距離をとり、自由に活動し、見たり聞いたりすることが出来るようだ。それこそ楽しいものも怖いものも自由自在かもしれない。

実は、この「自己」は記憶とも深く関係する重要な機能と言える。エピソード記憶と言われるものだが、記憶像は殆ど〝自己の全体像〟であり、自己ではなく「自己」が見ているものといえる。それは皆様の記憶を振り返ってもらえれば、お分かりいただけると思う。その記憶は自己の全体像のはずだ。

現実の覚醒意識では、自己と「自己」が分離する事はない。ただ、睡眠という状況下では、自己は休息し、そして「自己」が主として活動する時があるようだ。

また日常の特殊な状態の時「自己」の活動が弱まる時もあるようだ。例えばアルコールや薬物服用中、ある瞬間から記憶がなくなってしまう事がある。翌日どうしても思い出せないなんて話しよく聞く。これは薬物により観察者としての「自己」の機能が弱まる事があることを示唆しているのかもしれない。

やや、脱線した嫌いはあるが、〝落下体験〟は、自己と「自己」とが共存しながら分離する過程での出来事、あるいは覚醒意識と夢意識が瞬間的に錯綜した体験という事になろう。これで何とか落下体験を理解できたように感じている。

以上が、多少は精神医学を学んだ私の現状での落下体験についての分析である（正しいとは限らない）。

（2）

ふと、今のご時世を思う事がある。今の世の中確かに発展している。それは凄まじいものがある。ただ、これ本当の発展といえるかなと疑問に思ったりする。ひょっとして人類は自滅の道を歩んでいるのではと感じる。

宇宙理論も明らかになってきた。宇宙年齢百五十億年と聞いていたが、最近百三十数億年と推定されたようだ。宇宙は「無」から誕生した。それはそうに違いない。「有」から「有」が生じたとすると、最初の有が何から生じたという問題が残るから、無から生じたと考えざるを得ない。ビッグバンとはそのようなものが生じ得る〝特異点〟であったようだ。無からただ有が生じたとすると矛盾を感じるかもしれないが、プラスの有とマイナスの有が同時に生じたとでも考えれば辻褄が合う。そうすると今の宇宙と別の宇宙も存在する事になりそう（殆どドラエモンの世界）。ただ、実際に「物質」と「反物質」あるいは「粒子」と「反粒子」なる概念があり、それらは衝突したら無になるとのことだが、それに物理学的根拠はあるらしい。

いずれにしても今の宇宙、ビッグバン以来膨張《ぼうちょう》し続けている。そのまま膨張し続けるか、そして、ビッグクランチといって収縮に転じて無に帰するか、どちらかのようだ。その決定には、銀河の周辺に存在する暗黒物質（ダーク・マター）というものが鍵を握ると言う。要は宇宙全体の質量が問題とのこと。その量が多ければ万有引力の法則に従い、膨張している宇宙がやがて収縮する事になる。最近、ダーク・マターの量は少なく宇宙は膨張し続ける、と言う説が有力になっている。

宇宙は千億を超える銀河で構成され、しかもそれぞれの銀河には2千億個以上の星があるが、それらの質量でも膨張する宇宙は止められないわけだ。我々の太陽系の存在する銀河は、特に〝銀河系〟と呼ばれている。銀河系は直径10万光年ほどだが、太陽系はその端っこのほうにあるという。銀河系に一番近いアンドロメダ銀河でも220万光年も離れているとのこと。銀河と銀河の間はダーク・マターは別にして、スカスカと言ってよいほど何もない。

性能の良いハッブル宇宙望遠鏡は、宇宙が140億年近くの歴史を持ち、その間の星や銀河の〝誕生や死〟また銀河同士の衝突などを映像として見せてくれるらしい。同時にそれは銀河宇宙の未来の予測にもつながることになるが。

我々人間にとっての問題は、知的興味はもちろん、〝人類と宇宙との関係〟に違いない。ただ現状は、宇宙の構造を科学的に知る段階であり、〝宇宙から資源調達ができるのか？宇宙旅行は可能なのか？　宇宙人はいるか？〟こんな問題を提起する時ではないのかもしれない。

しかし、これらはこれからの問題だが、それに余り期待しない方がよいようだ。月の資源を利用する計画があるらしいが、この程度は可能になるとしても、実際の宇宙は広大すぎる。現実にはわずか一光年先に宇宙ステーションを創ることさえ、資源的にも技術的にも至難の業という気がする。論理的には全てロボットで構成されて動く宇宙ステーションを連ねていけば、どこにでも行けるということになるが、現実的ではない。まして生命体である人間の移動は困難であろう。実際の宇宙旅行は、太陽系内の月や火星などの惑星へはともかく、一番近い銀河への距離が220万光年では、極めて難しそうである。宇宙旅行はSFなど人間の想像の世界でしか可能とならない。宇宙人存在するのか、いまだ、それは発見されてない。

　宇宙から定期的な物資の調達も不可能と考えるのが妥当だ。利用できる物資のある星が何百万光年も離れているとすれば、その調達は非現実的である。〝無限の物資〞というユートピアの条件は、宇宙が広大すぎるため逆に物理的には成立しない事になろう。基本的に人類は、地球以外の宇宙の資源を利用できないのだ。人類の適切な居住空間が地球上であることも確かだ。元々、太陽系の、地球という重力環境の中で生まれてきたのだから当然のことだが！

　ただ、このことは「物は大切に使いましょう」という単純だが極めて重要な結論を導いてくれる。現実は、人類は地球上の物資が無限にあるかのように消費しており、46億年の歴史を持つ地球上の資源を遠からず食いつぶそうとしているのが現状だ。

　ともあれ、我々の太陽系の太陽自身に寿命があるのも確か。誕生したのは地球より1億年程度早いらしい。恒星としての太陽は核融合を続けながら、エネルギーを使い果たし、何十億年後（50億年程度と聞いた事あるが？）には白色矮星になるという。

　その際、地球は太陽に飲み込まれてしまうとも言われている。地球がどうなるかはとも

かく、地球自身が太陽の光を失うときは必ず来る（その時は既に人類は居ない筈だから、人間として心配する必要はないが）

インフレーション理論というのもある。これとビッグバンとの区別よく判らないが、急激な宇宙の膨張のことを言うらしい。そこでは母宇宙から子供宇宙、孫宇宙とかいって、次々に宇宙が誕生しているとのこと。誰にも確認できない手品のような世界だが、今の宇宙は、子供宇宙?それとも孫宇宙?興味深いのは事実。有能な物理学者の方が言うのだから理論的根拠はあるに違いない。ついでにホワイトホールというのもあるそうだ。ブラックがあるならホワイトもあって当然だが。ブラックホールは光を含めた全てを飲み込む。ただ、そのブラックホールも蒸発するらしい。それも不思議だが、それとホワイトホール関係あるのかな。

関係ないこと述べたが、宇宙の誕生そしてその結末について、宇宙物理学者の方も、「神」の問題に突き当たられると言う。

でも「神」様はずるいのです。決して姿を現されないからね。

「神」様を見た人がいる！

「神」様の声を聞いた人がいる！。

でも、こういうの、一般には幻覚（幻視、幻聴）というのです。だからといって「神」を否定しているのではない。「神」に救われる方もいるからね（逆もあるが）。ただ、それは「神」様の存在を証明した事には決してならない。全ての人に見えまた聞こえるものでなければ、存在が証明された事にはならない。

「神」様、貴方様はどのようにして誕生なされたのですか。私のような不届き者を誕生させたのも、もとはと言えば貴方様なのですよ。私、無神論者の人に相対した時、懸命に貴方様の存在する根拠を話したりする事あるのです。この、奇跡としか言えない地球の存在、そして人を含めた動物や植物等の生命の誕生、これらの余りにも整然とした存在の有り様について、誰かの御意志によってしか、そう、貴方様の存在を、「神」様の御意志の存在を強調するのです。

でも有神論者の方には、徹底して貴方様の存在を否定するのですが。

貴方様は、人の存在によってしか貴方様の存在の根拠を示されない。これ、「人思う故に神あり」とさえいえるのです。

人だけで50億人を超えます。その他にも無数の動植物が居る。地球以外の星や銀河を入れたらまさに天文学的数字になります。幾ら神業といっても、それらの全てに目が届きますか。ひょっとして、貴方様は人の創造した最大の〝妄想〟だ、と言ったりもします。人は歴史を振り返っても無茶苦茶な残酷な事をやってきている。貴方様が創造主であるとすると、全ての責任は貴方様にある事になる。製造物責任法に引っかかりますよ。この悲劇とも喜劇ともいえる人の歴史を貴方様の責任にしたくない。私は、貴方様は慈愛深きお方だと信じたい。

そう言えば貴方様は、姿かたちを御自分に似せて人をお創りになられたとのことですが、ひょっとして「心」まで似せて創られたのではありませんか。そうであれば、全てが納得いくのですが。人は優しさと残酷さを兼ね備えた存在ですから。

（3）

さて当面の問題は、地球が宇宙的運命に身を委ねられる事が出来るかどうかが問題。万物の創造主としての「神」の御意志のままにという事になるが、今の調子でいくと、地球は宇宙的運命の前に自滅しそう。

世界レベルでは環境破壊が続く。これが凄まじいらしい。オゾン層の破壊、森林破壊、温暖化、砂漠化、酸性雨、大気や河川・土壌の汚染、等々現在も進行中。各地で民族紛争・宗教紛争は絶えない。貧富の格差はますます広がる。

コミュニズムへの幻想にはベルリンの壁崩壊後やっと気付きつつあるが、完全な払拭とはいかない。昨年はアメリカのビルに飛行機が突っ込んだ。それをきっかけに米英軍とイラクの戦争がはじまる。

次は北朝鮮問題。どうなるか予測もつかない。孤立した集団、結構不気味ですよ。何が正当で適切か判断できなくなる可能性あるのです。

この問題、現在進行中で、資料何もないから、素人の私何も言うべきではないかもしれないが、素直に感じた事を言う。

経済援助は即座に止めるべきと思う。拉致家族を必ず帰すと約束させて、大臣クラスのものと政府高官が同伴して、残された家族を連れて帰るべき。連れて帰れなければ大臣や政府高官は北朝鮮に留まれ。帰国が実現した上で核問題など話し合う。相手が持つならこちらも核を持つと宣言すべき。

新潟港にスパイ船らしきものが入ってきているらしいが、それを止めることも調査する事も法律上できないんだって、そんなバカな法律あるか。超法規的措置（過去にそうした事あったよ）で即座に出入り中止させるべき、訴えられるなら堂々と国際法廷で争え。○総連とかいうのも徹底的に捜査しろ。

相手は脅し外交掛けて来るが、それに応じてはならない。一発や二発落ちてくるかもしれないが、その時は、戦争だ。世の中にはやるべき戦争もある。その際は、アメリカ助けてくれるだろうが、当てにしてはいけない。日本独自で戦える軍事力は必要だね。核を持つべきだよ（使う使わないは別にして）。脅し外交に決して屈してはならない。過去の土下座外交もってのほか。何時だったか、北朝鮮のお偉い方のご子息不法に入国されたことがあった。それを簡単に返してしまっている。おそらく面倒な事になるとでも感じたのかね。そんな弱腰外交でどうする。毅然《きぜん》とした対応をしろ。これだけでも総辞職もののように感じる。

これは韓国自身の政策だが、３８度線いきなり取っ払ったらどうだろう。元々一つの国だったんだから。まず民間レベルの人の交流を自由にするのだ。北朝鮮の人、金銭的問題もありなかなか韓国に来れないかもしれないが、韓国の人が出向き、離散家族と会って連れて帰ってきても良い。北朝鮮の一般の国民の方々にどういう状況にあるか韓国とも比較し理解してもらう必要がある。そうすれば今の北朝鮮の政府吹っ飛ぶかもしれないが。

経済援助政策、今の政権を延命させるだけで役に立たない（日本を含めてだよ）。北朝鮮、泥棒さん居ないと聞く。これ本質的には物が無いからだよ（そうなんです、物は無限に有るか無いかのどちらかで泥棒は居なくなる）。他にがんじがらめに監視されている為だと思う。今の政権を支えるような政策では駄目だよ。内部で政権を交代させるような動き取れないほど、国民は疲弊しているらしい。外部の圧力必要だね（民間レベルの交流しながら）。

ただ、どんな組織でも組織体である限り防衛本能が働く。戦前の日本のように、一億玉砕なんてことあるかもしれない。断末魔の戦いとなる。しかし、通らなければならないものかもしれない。アメリカさんが付けばあっけなく終わると思うけどね。ただ、アメリカもイラク戦争終えたばかりだし、石油などの直接的利権ないから、本当に動くとは限らない。まあこれ、韓国と日本が中心になって対応すべき問題だ。もちろん中国やロシアも関与してくるだろうけどね。

個人のレベルでも孤立は怖いが、集団丸ごと孤立すると、とんでもない事生じますよ。戦前の日本もそうだったでしょう。戦うなら客観情勢や戦力分析くらい冷静に出来ないと、〝神国日本、負けるはずない〟で闘ってしまった。

学生運動各過激派の結末は、まだ結論出てない集団も居る?。何時までも夢持てていいことだけどね。

新興宗教も多いらしい。今の生きがいのない世の中そうなるのも理解できるが、でも、サリン事件など戴けないね。孤立するとどんな集団、また個人でも暴走の可能性あるのです(私だって、個人のレベルの空想で暴走したともいえるのです。これが、人とユートピアについて論争したというレベルではあの段階には絶対にいかない。まあ空想って一人でするものですけどね)。

孤立した集団は、ときに、集団的に妄想（誤った確信）状態に陥り、暴走する可能性があるのです。

核拡散防止条約なるものがあるらしいが、隣が持つなら自国も持とうとするに違いない。潜在的に持っている国、他にもあるはずだし、持ちたいと思っている国は多いに違いない。現在の体制では、核保有国の発言力がどうしても強い。日本など、唯一核保有する資格のある国だが（広島、長崎に落とされた）、落とした国に基地を提供し、非核三原則なるものまである（アメリカに原子力潜水艦の寄港を許す限り〝持ち込ませず〟が有名無実である事は明らか）。核がある限り第三次世界大戦はなさそうに見えるが、起きない保障はどこにもない。

絶対に先に使わないと宣言して、日本は核を持つべきかも知れない。そうしないと日本の本当の国際社会での発言力は出てこない。でも北朝鮮の問題は別にしてもアメリカは容認しないだろうね。アメリカの本心はリベンジが怖いはずだ。〝ノーモア広島、長崎〟なんて言っているが、根底にリベンジの心は日本人にはあるよ。二発も落とされたんだから。永遠に忘れない。日本人それほどバカではない。そういう日本も隣国に残酷な事をしたけどね。

今の日本、言うべきことを言ってない。戦争でアジア各国には残虐な事をした。それは反省しなければならない。ただ、何時までも謝ってばかりいる。他の侵略戦争をした国が、植民地にした国に対し謝ってばかりいるか！　詳しくは知らないが、香港だって堂々と返還されたように感じる。日本は教科書にまで注文をつけられる。それでオタオタしている。事実は事実として教科書には書け。ただ、他国からケチをつけられる筋合いはない。近隣の国の教科書に注文つけているか。おそらく日本は、〝極悪非道〟の国になっているはずだ。もっと堂々と対応しろ。みっともなくてしょうがない。誇りを持て。大和魂どこに行ったか。

日本人、他国でよく誘拐されたりする。〝人の命地球より重い〟とかいって直ぐに〝金〟を出したり、犯罪者を釈放しようとする。その姿勢が問題なのだ。それがある限りこれからも誘拐されるよ。大使館が占拠されたり飛行機がハイジャックされた時など、日本の対応には根本的に問題がある。人質の命は確かに大事だ。だけどそうなったら最終的には運命と諦めてもらうしかない。犯人、人質もろとも大使館や飛行機ぶっ飛ばしてよい。そうしないと又起きる。ペルーやロシアの取った対応正解だよ。もうそんな事その国に対ししないだろうからね。

日本人、もっと堂々としろ。筋を通せ。日本人らしさ取り戻せ。

（4）

日本の現状を見よう。ど素人だが感じた事を言う。

バブル崩壊後の後遺症に随分時間が掛かっている。当たり前かもしれない。本質を見ず、小手先の対応しか取れてない。威勢のいい総理大臣が誕生し一瞬何か期待した。所詮は同じ、口先ばかり、永く自民党に居た政治家だよ。潰すべきものは潰さなければ駄目。現状を維持しようとしながら、対症療法を考えている。銀行も酷い。まず数が多すぎる。金利を四～五％にしそれで潰れるものは全て潰してよい。送金の手数料で何年分かの利息が吹っ飛ぶ、そんなの銀行ではない。皆、預金全部下ろしてしまうのも良いかもしれないね。そうすれば銀行本来の仕事が何か分かるよ。公共料金の自動振込みがあるから預けているが、そんなの役所や企業自身が集金に回ればよい。雇用の促進には繋がるよ。企業も同じ、潰れるべきはものはどんどん潰すべき。大きい小さい関係ない。所詮、数が多すぎるのだ。車の会社は車を生産し続け、建築企業は住宅を作り続けなければならない。これ資源もなくなっていくし、必ず需要と供給のバランスが崩れるとき来るよ、しかも競争しながらだからね。造ったものを直ぐにでも壊さなければ需要は生まれない。その論理からすると耐久性の良い質のよい製品は、割に合わない事になるし、今、まさにそういう状況なのかもしれない。現状の日本では物は豊富なのだから。

〝物資が豊富にある〟良い事のはずだけど！（この意味、分かりますか）。

そう、ユートピアとは言わないまでも日本は頂点を極めたのかもしれませんね。後は、他の国から追いつかれるだけ。

いずれにしても自由主義という競争原理を基本にするのだから、敗者は潰れてよい。敗者を抱えていこうとすると全体で潰れてしまう。ブラックホール様にデフレスパイラルとやらにじわじわと吸い込まれる（もう入っているのかもしれないが）。

変動相場制、あれも素人の私には妙に思われる。かって確か1ドル360円だった。それが今では、変動相場制で毎日変わる。これは貿易立国である日本では、輸出企業は利益を挙げた分をご破算にしましょうという意味に受け取れる。勢い人件費を削るため海外へ生産の拠点を移す。日本は空洞化する。空洞化しても遊んで暮せるわけではない。変動するにしても五年に一度とかある程度固定した方がよさそうだがね。

株式とか金融というのも良く分からない。〝空売りとか空買い〟あるいは〝先物取引〟など良く理解できない。いずれにしても本来の仕事じゃないね。〝物を作って売る〟これに徹すべきだよ。でもこの〝先物取引〟のあり方、日本人が考案した事になるんだってね。〝江戸時代、翌年の米を確保するため、今のうちに幾らで買うと米問屋と契約しておく〟これが原点にあるとのこと。ただ、現在ではマネーゲームとなり、それが過熱すると企業の一つや二つ簡単に潰れてしまう。それは一日にして億万長者を作る可能性あるけど、必ず大損する企業や人も居るわけだ。本来の仕事を忘れている。マネーゲームなんか止めるべきかもしれない。世の中落ち着くよ。それでは落ち着きすぎて面白くない、そういう見方も確かに出来る。ただ、それで大儲け出来るのごく一部の者だけだよ。本来の仕事に返れ。

政治家が最も品のない職業になり下がっている（元々そうだと言う説もあるが）。あらゆることに口を利き金を貰うただの口利き斡旋業になっている。野党も含めどの政治家も所詮同じ。秘書問題も解決していない。誰かが議員を止めればよいというものではない（止めないのも多いが）。国会議員の数多すぎる。税金の一番の無駄遣いだ。今の三分の一位にまずすべき。県会議員や市会議員さんだって居るのですよ（問題多いらしいが）。

いつだったか宗教政党の提案で、何と言ったか忘れたが、商品券様の金券がばら撒かれたことがあった。消費を拡大するという意味があったらしいが、愚の骨頂の策。物自体は豊富なのだ。必要な物はすでに買っている。贅沢しろという事なのか、贅沢はよいとしても、皆、景気回復、消費、消費と叫ぶ。必要ないものまで買えというのか。物は大事にすべき、〝質素倹約〟という言葉が懐かしい。この言葉の方がむしろ国民は買うと思うがね。

官僚もおかしい。政治家や企業と談合の斡旋をし、ついでに天下り先も確保する、そんな事ばかりしているかのように感じる。誰が政策決定の責任者でどういう理由でそう決定されたのか明らかではない。

それにしても、もういつだったか忘れそうになるが、外務大臣を含めた某議員と官僚さんとのやり取り、あれは面白かった。あんな資料が有るならどんどん出してもらいたい。議員さんと官僚さんとの関係少し理解できた。そういったやり取りを全部公開すれば、逆に解決に向う感じがする（おそらく、無理な注文出されたり、恫喝《どうかつ》される事少なくなると思うよ）。個人情報保護法なるものを作って報道規制する動きあるが、それだけは止めて欲しい。公職にある者プライバシーなんかなくてよろしい。変態幹事長さんよいではないか。人間らしくて非常によろしい。写真なんか撮らせて、尊敬こそしないけど認めるよ。

もちろん情報を流す方にも、情報源や何を流す事にしたか等の過程の公開は必要だが、原則なんでも報道しろ。それでパニックになったとしても、報道しないでパニックになるより余程まし。劇場型政治、非常に面白い。最低限、国民にそれ位の楽しみ残して置け、逆に政治に興味を持つよ。そう言えば秘書問題、最近パタッと報道されなくなったが、何故しないのだ。解決済みの問題ではないはずだよ。そういう報道姿勢が問題なのだ。報道機関の役割りを自覚しろ。警察も当てにならないし、徹底して取材して報道しろ。まあ、議員さんの秘書というのは口利きやるのが仕事みたいだが、その仕事の実態を調査して報道するべき。

まあ、この不況といわれるもの、政治家、官僚、銀行を含めた企業、そして国民を含め、皆で作ったものだ。政治家さんだけの責任にする気持ちはない。こうなったのもある種の必然性はあると思う。簡単には打開できない。日本発の大恐慌起きるなら起こしてよいと思う。むしろ起こすべきかも知れない。いい加減な事やっていたら潰れる、これ自由主義の原則なのだ。この原則を崩したら〝大嫌いな社会主義や共産主義〟とかになっちゃうよ。ただ、騙されてじわじわと落ちるのだけはご勘弁願いたい。全部公開して、国民の前に明らかにして、納得ずくで奈落の底に落ちてみようではないか。1億2千万の人間が皆死に絶えることはないと思う。私、落ちるの慣れているが、もう一度落ちてもいい。今度は落ちてもわくわくとした気持ちでいるだろうが。

今の世の中、各組織に〝不信〟が満ち満ちている。不正を働いて潰れた乳業企業もあった。それでよい。そうじゃないと買うに買えない。O157関係の〝かいわれ大根〟ダイオキシン関連の〝野菜〟狂牛病騒ぎもそうだ。大臣が、かいわれや牛肉食べている所見せたって、このバカが、くらいにしか感じない。他にやる事あるだろう。この種の情報疑わしきは報道すべき。それでパニックになるより情報公開が遅れるほうが余程怖い。後で間違いだとわかれば、その時こそ税金で保証すればよい。

全ては情報公開が今の現状を打開する決め手となるように思う。打開できなくても真実・事実だけは知りたいね。騙されるよりはよい。

教育の世界も変だ。虐め、登校拒否、学級崩壊、自信を失った教師、直ぐに切れる子供、学力の低下、等々。家庭の問題もあるに違いないが、一学級十五人から二十人位にしてみたらどうか。複数の教師で授業をやってもよい。それでも駄目なら、生じた出来事を全て公開してしまえ。日本人って本当は極めて優秀な人種だと思う。ただ、このままの教育では、私が言うのもおかしいが、日本に未来はないように感じる（近未来のことだよ、五年、十年、二十年のスパンでよいと思う）。

ある学校の校長先生から言われたことがある。生徒に注意してちょっと体に触れようものなら「体罰をした」として本人や家族から責められると。そのため、びくびくしている教師が多いそうだ。場合によっては教育委員会にまで飛んでしまう。生徒からの暴力は許されてしまう。仮に、一時期暴行事件として少年院に行っても、返ってくれば同じこと。それでも一人一人は良い子だとも校長は言う。教師にも問題はある。パソコンしか自分を支えてくれるものがなく、生徒と相対せないものもいると。「体罰」は悪い。ただ、その言葉だけが一人歩きする。マスコミの報道の仕方にも確かに問題はあるだろう。ただ、その言葉だけで教師が悪い事になる。本当に悪い生徒も中には居る。当然、教師にも正当防衛はある。暴力は誰がやっても悪いのだ。その辺の事情うまくいかなければその過程を全て公開してしまえばよい。それこそ世の中が判断してくれる。

大学受験制度も本質的な改革必要かもしれない。大学の定員は受験者の数だけあるとも言う。いっそのこと全部推薦か抽選にしてしまえ。そして、大学で落第させればよい。入ったのが問題ではなく、出た事を問題にするのだ。

今の受験制度で、受験に関係ない科目、無視するのが当たり前だ。基礎的教育を身につけさせて、その上で推薦か抽選にする。これの方が教師の権威も上がるね。もちろんその過程は内申書を含めて全て公開するのだ。今の制度だとバランスの悪い知識をもち、また大学に入ってから多くは勉強などしないね。

あの多感な高校時代に私など、好きな人が居たのにそれを明確に意識できなかった。私自身の責任であるが、制度にも問題あるよ。大学に入らないと何も始まらないという感覚だったからね。

私の関与する医療の世界も同じだ。医療事故のニュースはマスコミを賑わす。私のような藪医者は、おどおどしてるよ。だから、自分に出来ない事は、専門医に任せようとする。その繋ぎが取れればよいが、いつもそれがうまくいくとは限らない。

医療の世界も情報公開されつつあり、変わってはいくと思う。薬害エイズなど情報公開さえされていれば、あのような事態には到らなかったはず。緑か赤か知らないが、そんな薬品会社、存在意義ないと思う。厚生省（今は厚生労働省とかいうらしいが）も同罪。国民に目が向いてない。

ただ、悪い奴多いらしいから医者を弁護する積もりないが、これだけは言っておきたい。よく三時間待って三分診療という。それを十分診療にしてもいい。ただし、待ち時間は数時間以上になる。その間医者は飯も食わず休息も取らず、もくもくと診療はする。予約制という制度もあるが、ちゃんと機能するとは限らない。医者の中には当直やって外来やって入院患者も診てまた当直やってと、ぶっ続けで七十二時間も働き続けるなんて話きいた事がある。楽をしている奴も居るに違いないが、それにしても医者の労働条件考える必要あるかもしれない。医者の組合ってどこかにあるのかな？　おそらく鼻持ちならない組織だろうけどね。私は体調の事もあり当直は免除してもらっている。また幾ら遅くなっても夜七時には終わるようにしている。

病院というものは病気を治療する場所であるが、最も汚染された場所である事もご理解しておいて頂きたい。院内感染などよく報道される。感染症患者が集まってくるところなのだ。また、抗生物質の使い方に問題（医療だけの問題ではない、飼料等に使われているとも聞く）あるにしても、耐性菌は生じやすく、感染症を作る場所でもある。もちろん、予防対策は徹底して講じなければならないが、細菌やウイルスも自ら変化し薬剤に対応していくのだ。どこかで聞いたことあるが、このイタチゴッコ、最終的には地球はウイルスの天下となるかもと。

病院を株式会社にするという話があるらしいが、余計な事しないほうがよい。そうしたら、総合病院から小児科や精神科がなくなるよ。不採算部門になるからね。実際、総合病院でこの二つの科がないというの、現実に多いはずだよ。それが更に徹底される。

私の直接関与する精神医療についても、問題点は多々ある。多すぎるのであえて何も言わないが、私のような藪医者直ぐに資格剥奪《はくだつ》出来るような体制でなくては駄目かもしれないね。

どのような形になるにしろ、社会にベストはない。ベターでしかあり得ない。今、そのベターさえ危うくなっているように感じる。どうも良い方向に向かっているようには思えないからだ。その処方箋はないようだ。大恐慌《だいきょうこう》に陥りそう。いいではないか、全ての情報を開示した上でそうなるのならそれもいい。一生に一度そんなもの経験してもいい。ただ〝景気が良くなるよ〟とか言って、騙《だま》されながら落ちていくのは嫌だ。

「でもみんな、落ちたからといって死ぬなよ」。人生に意味はないし苦しいかもしれないが、生き抜いて欲しい（現実は自殺者多いんだよね）。皆生活保護の申請を出してやればよい。四十年前だったら〝国会封鎖〟でもやろうとしたかもしれないね。

騙すのは止めよ。〝公開しないこと〟これは騙しなのだ。

公金の金銭の出入りは、全て公開せよ。その決定の過程を含めてである。政治家は、陳情の内容を全て公表せよ。道路、駅、河川、そして、就職の世話、入学の世話、交通事故のもみ消し、なんでもいい。献金は全て認める。何億貰っても構わない。但し全て公表せよ。いちいち小口に分け、〝法的に適切に処理しました〟などと言わなくてもいい。お世話したらお礼を貰う、当然だよね。出す方だって見返りを期待しているよね。秘書も全く同じだ。その活動の実態を明らかにせよ。毎日、日誌を書いて陳情・口利きの過程を明らかにせよ。

縁故による就職、あってよい。大学も金銭での入学、おそらく私立の大学など現実にあるのだろうが、学長や教授枠《わく》で入れるところあってもよい。ただし、公表するのだ。教授選も公開する必要はあるね。

政治家は、どういう人物と会ってどういう内容を話したか、企業であれ、宗教団体であれ、公表しろ。金銭に絡むものは絶対だ。

政党もしかり、政党への金銭の出入り、公表せよ。総裁選とか、党首選とかいった人事についてもその過程を公表せよ。特に共産党、公明党などは人事の過程を公表せよ。

官僚もそうだ。誰の指示によってその政策を決定し施行したのか記録し、公表できるようにしておけ。税金を使う公益法人はその経理の内容、全て明らかにしろ、人事もそうだ。もちろん、各企業も使途不明金なんてものなくさないと駄目だよ。徹底した情報公開しか、この不信に満ち満ちた社会への処方箋はない。公開できないものがあるとすれば軍事上の機密ぐらいなものだ。

言いたい事他にもたくさんあるけど、限《かぎ》りがないからこの辺でやめておく。私、いつも不思議なくらい無口だけど、言い出したら結構しつこいからね。

以上が、これまで三十八年間殆ど沈黙していた落下体験後の青年の現状での発言ということになる。これからすると、落下体験によって青年はいわゆる〝喜怒哀楽〟の感情を殆どなくしたが、その中で一番残っているのは〝怒り〟かもしれないね。たいていのこと許容できるのに、いざ言い出すと〝怒り〟の表現になってしまう。〝怒り〟が何であるか、精神医学上極めて重要な問題であるのは確かだが。

(5)

実は私、三十八年ぶりに夢を見た(三十八年間夢を見ないというのも稀有《けう》な現象だけど)。〝私が情報公開党を結成し、選挙に打って出た。ただただ、情報公開を徹底する事を旗印に、国民に「一緒に奈落の底に落ちて行こう」と叫んだのだ。夢では勝利を収め、総理大臣になる〟アッ、ハッ、ハッ、(本当に笑ったね、夢とはいえ、あの泣き虫で、人前で喋れない少年が!)。

現実問題として選挙があっても、投票する政党や人物が居ないのが現状だ。一般論としてこの政治不信、投票率低くなるの当然だよ(投票率低い方がいいといった固定支持層を持っている政党の党首が居たけど、でもあれは本音だよね)。誰か情報公開を徹底する事だけを旗印にやってくれないかな。私、百票でも千票でも入れるよ。

ど素人だけど政治や経済、教育など日本のこと心配している。虚無状態に陥ったこの私が心配している。今の世の中よっぽど酷いんだね。

実のところ、今の宇宙、膨張し続けるというのも納得いってない。膨張するエネルギーがなくなって収縮に転じる気がするのだが、でも、抵抗がない訳だから、等速度運動として膨張運動は続くのかな。まあこの結論は物理学者の方が出す問題だ。

我々の住む銀河系もそうだが、星はそれぞれの銀河の中心に引き付けられているとのこと。ということは、各銀河は互いに遠ざかりながらも個々は巨大なブラックホールとなっていく。結局、ビッグクランチと変わりないことになり、宇宙は「無」に帰する。ブラックホールの蒸発というの理解を超えるが、ただ、そこでは質量はないがエネルギーだけが存在するらしい。

そしてまた神の御意志により宇宙（物質）は誕生する。あくまでこれは私の憶測《おくそく》に過ぎないが、仮に今の宇宙が青年だとすれば、全体として三百億年くらい続くのかな（実際は、閉じた宇宙、開かれた宇宙、などの説があり、また10の116乗年後のかすかに残ったニュートリノと光子の世界などが語られる事あるが、さすがの私もこれには全く従《つ》いていけない）。

多少のロマン性を求めて宇宙を正弦波に例えるとすれば、基線の上の三百億年が「有」

の〝時空〟そして基線の下の三百億年の「無」。ただ、三百億年の「無」は時空が存在しないから一瞬と言ってもよいが。その間「神」様はどうしていらっしゃる？　おそらく眠っていらっしゃるはず。三百億年眠り続けられるのだ。三百億年お一人で起きていらっしゃるの寂しいからね。そしてまたお目覚めになったら三百億年眠ることなく働き続けられなければならない。宇宙を誕生させて地球を存在させ生命を誕生させ、そして神様の存在を認める人を登場させるまで、まだ百五十億年近くかかる。神様って結構大変なんだ。孤独にも耐え、働き続けられなければならない。自分を信ぜよと強要されるお気持ち分かる気もする。

この宇宙の生成と消滅、これこそ「永遠回帰」という言葉が当てはまりそう。〝輪廻転生〟という次元ははるかに超越している。

「全ては無に帰する」、いずれにしてもこれは厳然とした真実らしい（人類にとって全く関係のないはるかに遠い永遠の未来の事だけど）。そんな事分かっていても今の状況を心配している。私、ただの心配性に戻ったのかな。それにしても私の考え方変わらないね。

終わりが長くなってしまったが、この辺で終わる事にする。電子カルテのことなどでテンションが上がり過ぎているだけかもしれない。言った事のない冗談を言ったり、殆んど怒った事もないのに怒ったりして……。こんな事でテンション上がるなんて思ったより単純な人間なのかな。

ただ、今のままでは誇大妄想《こだいもうそう》を持ちそうだ。虚無妄想《きょむもうそう》から誇大妄想《こだいもうそう》へ、一応人間だからあり得る事だけどね。

本当の最後だが、今は亡き、悪魔と言ってくれた父、優しいと言ってくれた母、こんな私を生んでくれた両親に感謝（もちろん神への感謝も忘れないよ）する。

完

ユートピア幻想《げんそう》の凋落《ちょうらく》

～ある青年《せいねん》のユートピア体験《たいけん》～

三田雄人《みたゆうと》

明窓出版

平成十五年十月十六日初版発行
発行者――増本　利博
発行所――明窓出版株式会社
〒一六四―〇〇一二
東京都中野区本町六―二七―一三
電話　（〇三）三三八〇―八三〇三
ＦＡＸ（〇三）三三八〇―六四二四
振替　〇〇一六〇―一―一九二七六六
印刷所――株式会社　シナノ
落丁・乱丁はお取り替えいたします。
定価はカバーに表示してあります。

ISBN4-89634-133-3

ホームページ http://meisou.com　Eメール meisou@meisou.com

欠けない月

風見　遼

彼女は、正しく道を踏みはずしたのかもしれない……。信仰とは何か。本書は、真正面からそれを問い、それに対するひとつの答えを提示した意欲的な小説です。

日本という風土には宗教が根付かない、と巷間言われ続けてきました。果たしてそれは正しい言説なのか。それが正しいとして、では95年に新興宗教が引き起こした事件を始め、現在も世上を騒がす信仰の問題をどう捉えるべきなのか。

新興宗教と呼ばれるもののなかには、非難・糾弾されるべき教団も数多く存在します。にもかかわらず、いまも新興宗教に入信しようとする人たちが、若者を中心として、あとを絶ちません。そうした信仰へと走る人たちの流れを止める、説得力のある言説が、これまで存在したようには思われません。彼らの入信に対して、「選ぶ道をあやまったのだ」「愚かであるにすぎない」などという頭ごなしの非難だけが、上滑り的に先行しているのが、実状のように見えます。これほどまでに新興宗教が批判され嫌悪されるなか、なぜ彼らはあえて信仰の道を選び、そこにとどまろうとするのか。それに真正面から答えた創作が、95年以降存在したでしょうか。

本体価格　一八〇〇円